내 생애 단 한 번

내 생애 단 한 번

때론 아프게,
때론 불꽃같이

장영희 에세이

샘터

꿀벌의 무지

꿀벌은 몸통에 비해 날개가 너무 작아서 원래는 제대로 날수 없는 몸의 구조를 가지고 있다고 한다. 그러나 꿀벌은 자기가 날 수 없다는 사실을 모르고, 당연히 날 수 있다고 생각하여 열심히 날갯짓을 함으로써 정말로 날 수 있다는 것이다.

과학적으로 얼마나 신빙성 있는 말인지 모르지만, 내가 글을 쓰는 것도 어쩌면 꿀벌의 무지와 같은 것이다. 영문학을 공부하면서 대학 다닐 때부터 글쓰기는 곧 영어로 쓰는 것을 의미했고, 한 번도 우리말로 글 쓰는 것에 관심을 가지거나 훈련을 받아 본 적이 없다.

부끄러운 말이지만, 거의 의도적으로 책도 우리말로 된 것보다는 영어로 된 것을 더 많이 읽었고, 직업이 직업이니만큼 지금도 내가 쓰는 글의 대부분은 영어이다.

그러나 나는 꿀벌과 같이 그냥 무심히 날갯짓을 한다. 그러므로 나의 글은 재능이 아니라 본능이다. 그래서 머릿속에 있는 말보다는 마음속에 있는 말을 고르지도, 다듬지도 않고 생긴 그대로 투박한 글로 옮긴다.

생활 반경과 경험이 제한되어 있는 까닭에 내 글의 소재는 대부분 나 자신이다. 문학을 공부하지만 소질이 없을뿐더러 나 자신 이외에는 아는 것이 많지 않기 때문이다. "글은 곧 사람이다"라는 말이 있듯이, 그래서 이 글들은 바로 나다. 발가벗고 일반 대중 앞에 선 나다.

아주 어렸을 때부터 나의 악몽은 항상 내 몸과 다리를 지탱해 주는 목발, 그리고 보조기와 연관된 것이었다. 꿈속에서 나는 길바닥에 앉아 있고, 사람들은 길을 가다 말고 나를 뚫어져라 쳐다본다. 너무 창피하고 부끄러워 도망가고 싶지만, 목발과 보조기 없이는 꼼짝도 할 수 없다.

이 글들을 책으로 엮으면서 꼭 그와 같은 느낌이 든다. 마치 나는 땅바닥에 앉아 있고, 다른 사람들이 그런 나를 에워싼 채 보고 있는 듯한 느낌. 얼른 일어나 도망가고 싶지만 일어설 수도, 도망갈 수도 없는 당혹감. 너무 부끄러워 당장이라도 땅속으로 꺼지고 싶은 심정이다.

그럼에도 불구하고 이렇게 책을 엮게 된 것이 무척 자랑스럽다. 재능도, 재주도 없으면서 '꿀벌의 무지'만으로 쓴 글들을 남에게 보인다는 것은 참으로 어불성설이지만, 그래도 스스로 날지 못하는 줄도 모르고 무작정 날갯짓을 하기 시작한 나의 무지와 만용에 스스로 갈채를 보낸다. 못한다고 아예 시작도 안 하고, 잘 못한다고 중간에서 포기했다면 지금쯤 내가 할 수 있는 일이 무엇이 있을까.

여기에 실린 글들 중 상당수가 월간지 〈샘터〉에 실렸던 것들이다. 5년 전 내게 처음으로 우리말로 글쓰기를 청탁하여 어설픈 날갯짓을 시작하게 해 준 샘터사의 이영희 씨에게 감사한다. 또 내 글 속에 등장하는 나 다음의 주인공들, 기동력과 상상력이 부족한 선생의 제자라는 이유로 걸핏하면 내 글의 소재가 되는 우리 학생들에게 고마운 마음을 전하고 싶다.

가르치는 일은 그들의 영혼을 훔쳐보는 일이고, 그래서 나는 그들의 영혼 도둑이다. 그들의 젊고 맑은 영혼 속에서 나는 삶의 보람과 내일의 희망을 주는 글거리를 찾는다.

그리고 이 찬란한 세상에서의 나의 존재 이유를 마련해 주신 나의 부모님께 감사드린다. 살아 계실 때 나의 아버지(故 장왕록 박사)는 영어든 우리말이든 내가 쓰는 글들을 가장 먼저 읽고 교정봐 주시는 열렬한 독자였다. 그리고 글이 마음에 드시면 말씀하시곤 하셨다.

"너 그것 괜찮게 썼더라."

영혼도 큰 소리로 말하면 듣는다고 한다. 그래서 나는 큰 소리로 외친다.

"아버지, 이 책 어때요? 괜찮게 썼어요?"

서강대학교 인문관에서

장 영희

차례

1.
아프게 짝사랑하라

하필이면

몇 년 전인가 십 대들이 즐겨 부르던 유행가 중에 〈머피의 법칙〉이라는 노래가 있었다. 확실히 기억은 안 나지만 가사가 대충 이랬다.

"화장실이 있으면 휴지가 없고, 휴지가 있으면 화장실이 없고, 미팅에 가도 하필이면 제일 맘에 안 드는 애랑 파트너가 되고, 한 달에 한 번 목욕탕에 가도 하필이면 그날이 정기 휴일이고" 등등 "무슨 일이든 어차피 잘못되게 마련이다"라는 '머피의 법칙'을 코믹하게 묘사하고 있다.

이 노래에 나오는 '하필이면'이란 말은 분명히 '왜 나만?'이라는 의문을 전제로 한다. 그러니까 남의 인생은 별로 큰 노력 없이도 모든 일이 잘 되어 나갈뿐더러 가끔은 호박이 넝쿨째 굴러오는 것 같은데, 왜 '하필이면' 내 인생만은 아무리 기를 쓰고 노력해도 걸핏하면 일이 꼬이고, 그래서 공짜 호박은커녕 내 몫도 제대로 못 챙겨 먹기 일쑤냐는 것이다.

그런데 억울하기 짝이 없는 것은 그게 내 탓이 아니라는 거다. 순전히 운명적인 불공평으로 인해 다른 이들은 벤츠 타고 탄탄대로를 가는데, 나는 펑크난 딸딸이 고물차를 타고 비포장도로를 가고 있는 것이다.

아닌 게 아니라 하루하루 살아가면서 나도 '머피의 법칙'을 생각할 때가 많다. 한 예로 내 열쇠고리에는 겉으로는 구별이 안 되는 열쇠가 두 개 달려 있는데, 하나는 연구실, 또 하나는 과 사무실 열쇠이다. 열쇠에 유성 펜으로 방 번호를 표시해 놓으면 그만이지만, 그러기도 귀찮고 또 그냥 재미도 있고 해서 내 방에 들어갈 때마다 둘 중 아무거나 꽂아 본다.

그런데 참으로 이상한 것이, 수학적으로 따져 볼 때 확률은 분명히 반반인데, '하필이면' 연구실 열쇠가 아니라 거의 과 사무실 열쇠가 먼저 손에 잡혀 두 번씩 열쇠를 돌려야 하는 일이 열이면 아홉이다.

그뿐인가. '하필이면' 큰맘 먹고 세차한 날은 갑자기 맑은 하늘에서 비가 오고, 무엇을 사기 위해 줄을 서면 바로 내 앞에서 매진되고.

더욱이 얼마 전에는 길거리를 걸어가다가 내 어깨에 새똥이 떨어지는 일도 있었다. 나는 망연자실, 한동안 서서 나의 '하필이면'의 운명에 경악했다. 1천만 서울 인구 중에 새똥 맞아 본 사람은 아마 손가락으로 꼽을 정도일 텐데 '하필이면' 그게 나라니!

물론 이보다 더 중요하고 근본적인 '하필이면'도 있다. 남들은 멀쩡히 잘도 걸어 다니는데 왜 하필이면 나만 목발에 의지해야 하고, 어떤 사람은 펜만 잡으면 멋진 글이 술술 잘도 나오는데 왜 하필이면 나만 이 짤막한 글 하나 쓰면서도 머리를 벽에 박아야 하는가.

그렇다고 다른 재주가 있느냐 하면 노래, 그림, 손재주 그 어느 것 하나 내세울 게 없다. 하느님은 누구에게나 나름대로의 재능을 골고루 나눠 주신다지만, 아무리 생각해도 '하필이면' 나만 깜빡하신 듯하다.

언젠가 치과에서 본 여성지에는 모 배우가 화장품 광고 출연료로 3억 원을 받았다는 기사가 실려 있었다. 3억이면 내가 목이 쉬어라 가르치고 밤새워 페이퍼 읽으며 10년쯤 일해야 버는 액수인데, 여배우는 그 돈을 하루 만에 벌었다는 것이다.

그건 재능이나 노력과는 상관없이 오로지 타고난 생김새 때문인데, 그렇게 나의 의지와 상관없이 일어난 일 때문에 불이익을 받는다는 건 아무리 생각해도 불공평한 일이다.

나는 내가 잘빠진 육체는 가지지 못했어도 그런대로 꽤 아름다운 영혼을 가졌다고 생각하지만, 아마 내 아름다운 영혼에는 3억 원은커녕 3백 원도 주는 사람이 없을 것이다. 그러니 어차피 둘 다 못 가지고 태어날 바에야 아름다운 몸뚱이를 갖고 태어날 일이지 왜 '하필이면' 3백 원도 못 받는 아름다운 영혼을 갖고 태어났는가 말이다.

그래서 '하필이면'이라는 말은 내게 한심하고 슬픈 말이다.

그런데 어제저녁 초등학교 2학년짜리 조카 아름이가 내게 던진 '하필이면'은 전혀 그렇지 않았다. 길거리에서 귀여운 판다 곰 인형을 하나 사서 아름이에게 갖다 주자 아름이는 눈을 동그랗게 뜨고 환한 미소를 지으며, "그런데 이모, 이걸 왜 하필이면 내게 주는데?" 하는 것이었다. 다른 형제나 사촌들도 많고, 암만 생각해도 특별히 자기가 받을 자격도 없는 듯한데, 뜻밖의 선물을 받았다는 아름이 나름대로의 고마움의 표시였다.

　외국에서 살다 와 우리말이 아직 서투른 아름이가 '하필이면'이라는 말을 부적합하게 쓴 예였지만, 아름이처럼 '하필이면'을 좋은 상황에 갖다 붙이자, 나의 '하필이면' 운명도 갑자기 찬란한 빛을 발하기 시작한다는 걸 깨달았다. 내가 누리는 많은 행복이 참으로 가당찮고 놀라운 것으로 변하는 것이었다.

　도대체 내가 전생에 무슨 좋은 일을 했기에, 하고많은 사람들 중에 '하필이면' 나만 훌륭한 부모님 밑에 태어나 좋은 형제들과 인연 맺고 이 아름다운 세상을 살고 있는가. 아무리 노력해도 헐벗고 굶주리는 사람들이 그토록 많은데 왜 '하필이면' 나만 무슨 권리로 먹을 것 입을 것 걱정 없이 편하게 살고 있는가.

　또 나보다 머리 좋고 공부 열심히 하는 사람들이 얼마나 많은데 왜 '하필이면' 나만 똑똑한 학생들을 가르치고 있는가.

　게다가 실수투성이 안하무인인 데다가 남을 위해 하는 일이라곤 하나도 없는 나, 장영희를 '하필이면' 왜 많은 사람들이 도와주고 사랑해 주는가(우리 어머니 말씀으로는 양순하고 웃기 좋아하는 나의 성격 때문이라는데, 그렇다면 잘빠진 육체보다 아름다운 영혼을 타고난 것이 얼마나 다행인가).

'하필이면'의 이중적 의미를 생각하니 내가 지고 가는 인생의 짐이 남의 짐보다 무겁다고 아우성쳤던 좁은 소견이 새삼 부끄럽다.

창문을 여니, 우리 학생들이랑 일산 호수공원에 놀러 가기로 한 오늘, '하필이면' 날씨가 유난히 청명하고 따뜻하다.

약속

아침에 눈을 뜨면 문득 이유 모를 공포를 느낄 때가 있다. 마치 심장이 천천히 오그라드는 듯, 뻐근하게 가슴이 옥죄어 오다가 온몸이 무너져 내리는 듯한 두려움과 공허감 말이다. 이 주변머리 없는 성격으로 또다시 오늘 하루를 살아갈 일이, 아니 앞으로 지상에서의 남은 나의 삶을 하루하루 헤쳐 나가야 할 일이 아득하다.

미운 사람 보고도 반가운 척 웃고, 입에 발린 말로 아부하고, 지키지 못할 약속인 줄 알면서도 무조건 남발하고, 누군가의 말에 상처받고 또 누군가에게 상처 주는 이 '살아감의 절차'를 다시 되풀이해야 할 일이 한심하다.

시시포스의 비극은 산꼭대기에서 굴러 내려오는 돌을 또다시 혼신의 힘을 다해 올려놓는 행위 자체가 아니다. 그의 비극은 그가 힘겹게 밀어 올리는 돌이 다시 굴러떨어지리라는 것을 잘 알고 있다는 것이다.

어쩌면 나의 두려움도 같은 이유에서 오는 것인지도 모른다. 하루하루 힘들여 돌을 밀어 올리지만 내일이면 그 돌은 다시 산 밑으로 내려와 있을 테고, 그래서 모든 것을 포기하고 차라리 굴러 내려오는 돌 밑으로 몸을 던져 버리고 싶은 마음이다.

어떤 심리학자는 우리의 과거를 더듬어 첫 번째 기억을 찾아내면 어른이 되어서도 자주 느끼는 감정들을 이해할 수 있다고 한다. 혼자 담벼락에 붙어 울던 기억, 장터에서 엄마를 잃고 헤매던 기억, 아버지 주머니에서 몰래 돈을 훔치던 기억 등 마음 깊숙이 남아 있는 유년의 기억이 간혹 현재의 의식에 표면화되기도 한다는 것이다.

그렇다면 나의 첫 기억은 어떤 것일까. 다섯 살이 될 때까지도 제대로 앉지 못해 누워만 있었다는 나. 그 때문에 오히려 나의 어린 시절은 내 일생에서 정신 활동이 가장 치열한 때였는지도 모른다. 내 기억의 시작에는 마치 만화경 속의 수많은 색

종이 조각처럼 제각각 크기와 색깔이 다른 단편적인 이미지들이 어지럽게 흩어져 있는데, 그중 유난히 두드러지는 두 가지가 있다.

하나는 세 살 아래 동생이 태어나던 날 아침의 기억이다. 여느 때처럼 엄마 옆에서 눈을 뜨니, 밤새 동생이 태어났다고 했다. 그때 산파 아주머니가 대야에 물을 담아 들여오는데 마침 창을 통해 햇살 한 줄기가 들어왔다. 햇살은 물 위로 반사되었고 순간, 색 바랜 격자무늬 천장 위로 어른어른 빛 동그라미들이 그려졌다. 한 생명의 소식과 함께 내가 본 밝은 빛 동그라미들, 아직까지 그보다 아름다운 이미지를 본 적이 없다.

또 다른 기억은 아무도 없는 집에 혼자 남아 있던 기억이다. 낮잠을 자고 깨어 보니 밖은 이미 어둑어둑해 있었고, 집 안은 쥐 죽은 듯 고요했다. 엄마를 불러 보았으나 아무 대답이 없었다. 한동안 천장만 바라보고 누워 있던 나는 무심히 다락 쪽을 보았다. 꼭 닫힌 다락문을 보면서 문득 그 속에 괴물 하나가 숨어 있다는 생각이 들었다. 괴물이 금방이라도 튀어나올 듯, 나는 갑자기 지독한 공포에 휩싸였다. 아니, 차라리 괴물이 다락문을 박차고 튀어나와 나를 덮치기를 숨죽이고 기다렸다.

다락 속의 괴물과 빛 동그라미들, 어쩌면 내 삶을 축약하는 두 이미지인지도 모른다. 어디엔가 잠복했다가 어느 한순간 뒤통수를 내리칠 것 같은 괴물 같은 삶, 그런가 하면 태어났기 때문에, 그리고 지금 이 순간 살아 있기 때문에 빛 동그라미처럼 찬란할 수 있는 삶.

태어남은 하나의 약속이다. 나무로 태어남은 한여름에 한껏 물오른 가지로 푸르름을 뿜내리라는 약속이고, 꽃으로 태어남은 흐드러지게 활짝 피어 그 화려함으로 이 세상에 아름다움을 더하리라는 약속이고, 짐승으로 태어남은 그 우직한 본능으로 생명의 규율을 지키리라는 약속이다.

작은 풀 한 포기, 생쥐 한 마리, 풀벌레 한 마리도 그 태어남은 이 우주 신비의 생명의 고리를 잇는 귀중한 약속이다. 그중에서도 인간으로 태어남은 가장 큰 약속이고 축복이다.

불가에서는 모든 생명체 중에서 인간으로 태어날 가능성이야말로 넓은 들판 가득히 콩알을 널어놓고 하늘 꼭대기에서 바늘 한 개를 떨어뜨려 콩 한 알에 박히는 확률과 같다고 한다.

억만 분의 일의 확률로 태어나는 우리의 생명은 그러면 무엇을 약속함인가. 다른 생명과 달리 우리의 태어남은 생각하고 이해하고 사랑할 수 있는 기회의 약속이다. 미움 끝에 용서할 줄 알고, 비판 끝에 이해할 줄 알며, 질시 끝에 사랑할 줄 아는 기적을 만드는 일이다. 그리고 살아가는 일은 이 약속을 지켜 가는 일이다. 괴물같이 어둡고 무서운 이 세상에 빛 동그라미들을 만들며 생명의 약속을 지켜 가는 일이다.

며칠 전 한 텔레비전 프로에는 괴한이 뿌린 황산에 온몸이 타들어 가 사경을 헤매고 있는 아이의 이야기가 나왔다.

"어떤 나쁜 아저씨가 골목길에서 일부러 내 머리 위로 불을 쏟았다."

여섯 살 난 아이는 '일부러'라는 말을 썼다. 우연이나 실수가 아니라 '의도된' 악이었다는 말이다. 아이는 새벽이면 정신이 들어 행복했던 기억들을 더듬는다고 했다. 형과 함께 이 세상에서 제일 좋아하는 골드런 로봇, 무적의 라이징오 로봇을 갖고 놀던 일을 생각한다.

"엄마, 나 골드런 로봇 사도 되나……. 집에 가면 아빠한테 돈 타서 형 아이스크림 사 줄 기라."

눈 코 입이 완전히 녹아내려 한 점의 괴기스러운 살 조각이 된 얼굴 뒤에서 아이는 힘겹게 말했다. 아이 엄마는 말했다.

"그제 밤에는 바람이 많이 불었습니다. 너무나 무서웠습니다. 새벽에는 저 애와 골드런 얘기를 할 수 없을까 봐, 약속을 지킬 수 없을까 봐, 너무 두려웠습니다."

그리고 어젯밤 아홉 시 뉴스는 아이의 죽음을 알렸다. 바람 부는 이 세상, 생명의 약속을 지켜 주지 못한 이 세상을 떠난 아이의 빈소에는 로봇들이 줄지어 지키고 있었다.

두 번 살기

오래전 동생들이 내게 붙여 준 별명은 '삼치'이다. 여기서 '삼치'는 먹는 생선을 얘기하는 게 아니라 한자어로 '석 삼三'에 '백치 치痴', 즉 '세 분야에 관한 한 완벽한 백치'라는 말이다.

첫째 나는 동서남북을 가늠 못 하고 헤매는 방향치이고, 둘째 요즘처럼 멀티미디어 시대를 살아가는 게 너무나도 버거운 기계치이고, 셋째 숫자라면 거의 본능적으로 거부감을 느끼고 보는 것조차 두려워하는 수치이다.

흔히 사람들은 목발을 짚고 천천히 걸어 다니는 나를 안타까워하며 "얼마나 불편하고 힘드냐"고 위로하지만, 솔직히 말해 나의 '삼치' 때문에 일상생활에서 겪는 불편에 비하면 그건 아무것도 아니다. 목발을 짚고 다녀 기동력이 좀 떨어져도 그것은 모든 사람들이 이해해 줄 뿐 아니라 기꺼이 나서서 도와주는 장애이지만, 나의 '삼치'는 상식을 벗어나는 정도이기 때문이다.

방향치로 말하면, 한번은 정문 앞에서 학생들이 데모를 하는 바람에 뒷문으로 나갔다가 길을 잃어 보통 때 같으면 15분 걸리는 집을 두 시간쯤 헤매다가 급기야는 차를 버리고 택시를 타고 온 적이 있고, 기계치(내가 여기서 '기계'라 함은 컴퓨터와 같이 크고 복잡한 물건뿐만 아니라 연필깎이나 깡통 따개와 같은 '간단'한 기구까지 포함한다) 경향으로 말하자면 자동차 안전벨트 매는 것부터 CD 플레이어 켜는 일에도 모든 지력을 동원해야 하고, 또한 수치로 따지자면 내 휴대폰 번호나 주민등록번호도 기억을 못 해 항상 조교에게 물어봐야 한다. 그래서 나는 가르치고 점수 매기는 일 외에 모든 생활을 조교들에게 의지하고 있다.

올해 새로 들어온 조교는 내게 무엇을 설명해 줄 때마다 "선생님, 이거 아주 쉬워요. 원숭이도 한 시간만 배우면 다 할 거예요"라고 내게 자신감을 심어 주기 위해 노력하는가 싶더니 얼마 전부터는 그 말이 쑥 들어갔다. 원숭이도 한 시간이면 배울 것을 자기 선생은 하루가 가도 못 깨친다는 것을 알았기 때문이다. 그러니 선생으로서의 체면을 찾는 것은 이미 포기한 지 오래다.

삼치로서 또 하나 기막히게 불편한 것은 내게 익숙지 않은 화장실에 들어갔을 때다. 기계 문명이 발달함에 따라 가장 민감한 변화를 보이는 것이 화장실의 잠금 장치이다. 그래서 호텔이나 고속 도로변의 휴게소와 같이 처음 가 보는 화장실에 들어갈 때마다 나는 두려움에 사로잡힌다. 들어가서 어떻게 잠그기는 잠갔는데, 나올 때 열지를 못해 난감했던 적이 여러 번 있기 때문이다.

'삼치' 외에도 나는 심각한 건망 증세로 무엇이든 잘 잊거나 잃어버려 깨어 있는 시간의 3분의 1은 무엇인가를 열심히 찾는 데 소비한다. 오늘만 해도 중요한 전화를 받을 일이 있어 학교에 휴대폰을 가져간다는 것이 무심코 침대 머리맡에 놓여 있는 텔레비전 리모컨을 핸드백에 넣고 가는 바람에 하루 종일 오지 않는 전화를 기다렸다.

'삼치'만 가지고도 하루하루 살아가는 것이 불편하기 짝이 없는데 거기다 더해 요즘에는 급기야 '사치'로 한 단계 승진(?) 할 참이다. 어렸을 때부터 나는 '눈치'가 없기로 꽤 소문이 나서 가끔 집에서 '둔치'(둔한 눈치)로 불린다. 눈치의 어원이 어떻게 되는지 모르지만 상황 판단을 하는 순발력이나 통찰력을 말한다면, 나는 사실 최악의 '둔치'이다. 이것이 요즘 들어 더 심해진 듯하다.

그런데 '삼치'의 경우에는 그저 나만 사는 게 고달프고 불편하면 되지만, 눈치가 없다는 것은 나뿐만 아니라 다른 사람들에게까지 피해를 줄 수 있기 때문에 내가 가진 '치' 가운데 제일 민망한 것이다.

상대방의 기분을 헤아리지 못하고 무심히 생각나는 대로 말해 남에게 상처를 주는가 하면, 다른 사람은 당연히 알아채는 상황도 나만 제대로 이해하지 못해 엉뚱한 판단을 하거나 그릇된 결정을 하기 일쑤니 말이다. 게다가 이 '둔치' 증상은 무엇이든 내게 익숙지 않은 새로운 것을 이해하거나 배울 때 크나큰 걸림돌이 된다.

한 예로 지난번에는 가족들이 모였는데 동생 남편이 자기가 가르쳐 줄 테니 식구 모두 '모노폴리' 게임을 하자고 제안했다. 이번에야말로 '둔치'라는 오명을 벗을 기회다 싶어 다른 사람보다 훨씬 더 진지한 자세로 임했다. 그렇지만 이번에도 역시 마찬가지였다.

한참 동안 열심히 생각하고, 외우고, 분석하고, 관찰하고 난 다음에야 겨우 게임이 어떻게 돌아가는지 이해할 수 있었고, 그래서 내가 드디어 해 보겠다고 나설 즈음엔 이미 모두들 싫증이 나서 그만두려는 참이었다.

실망하는 나를 보시고 어머니가 "너는 뭐든지 늦게 배우지만 한번 배우면 확실하게 하는데. 두고 봐라, 조금만 연습하면 네가 제일 잘할걸" 하며 위로하셨다.

"늦게 배우지만 한번 배우면 확실하게 한다." 물론 어머니로서는 무능한 딸을 위로하고자 하신 말씀이었지만, 생각해 보면 어느 정도 일리 있는 말이었다. '삼치'와 '둔치'이면서도 그래도 그나마 이제껏 큰 과오 없이 살아온 것은 시간이 걸려도 열심히 끝까지 배우고자 하는 근성, 아무리 못하고 모자라도 실망하지 않고 연습하고 또 연습한 인내심 덕이 아니었나 싶다.

'지금 하면 이길 수도 있을 텐데' 하는 아쉬움을 갖고 구경만 하던 게임 판을 물러나는데, 1등을 해서 돈을 딴 동생이 한마디 했다.

"재밌네! 모든 게 이렇게 만만하면 좋을 텐데. 사는 것도 말이야.”

　사는 것도 모노폴리 게임이라면, 그리고 같은 삶을 두 번 살
수 있다면…… 한 번은 연습으로, 그리고 다음번은 진짜로. 워
낙 눈치 없고 배우는 게 늦으니 첫 번째 삶은 실수투성이겠지
만, 두 번째 삶을 살 때는 첫 번째의 경험을 토대로 더욱 여유
롭고 자신감 있게 살아갈 수 있지 않을까.

　비단 나뿐만 아니라 삶에 관한 한 어쩌면 우리 모두가 ‘둔치’
인지도 모른다. 실수하고 후회하고, 남에게 상처 주고 상처 입
고, 잘못 판단하여 너무 늦게 깨닫고, 넘어지고 좌절하고, 살아
가면서 겨우겨우 조금씩 터득해 가는 둔치들. 우리가 너무나
잘 알고 있는 것을 신은 모르시는 것이 아닌지―인간들은 무
엇이든 경험으로 제일 잘 터득하고, ‘어떻게 사는가’를 배우는
방법은 실제로 시행착오를 하면서 살아 봄으로써만 가능하다
는 것을. 인생이 항해이고 우리가 같은 배를 타고 두 번 여행할
수 있다면, 처음 여행 때 망망대해에서 길을 잃고 떠돌아다니
면서 방향 잡는 법이나 아슬아슬하게 빙산 사이를 빠져나가는
운전 기술을 습득해야 두 번째 삶에서는 당당하고 자신감 있게
방향타를 잡고 멋지게 항해할 수 있다는 것을…….

　그러나 말하면 무엇하나, 어차피 삶은 한 번뿐이고, 연습은

없는 것을. 오늘도 나는 '삼치'에 '둔치'로 이리 헤매고 저리 넘어지지만, 내 인생에 오직 한 번 오는 2000년이라는 숫자는 너무 가슴 벅차고, 넘어지면서 보아도 수평선 너머로 떠오르는 해는 여전히 아름답다.

눈물의 미학

　이 나이에도 나는 여전히 감정의 기복이 심해 때와 장소를
가리지 않고 기분 내키는 대로 크게 웃어 남의 눈총을 받기도
하지만, 또 주책없이 눈물을 흘리기도 잘한다. 특히 우는 버릇
은 어렸을 적부터 고질적이어서, 어머니는 아직도 가끔씩 "자
식 여섯 키우면서 너같이 울음 끝 질긴 애는 처음 봤다. 도대체
한번 울기 시작하면 하루 종일 자지도 먹지도 않고 울어 댔으
니……"하고 혀를 내두르신다.
　내가 기억하기에도, 어렸을 때 나는 꽤 자주 울었고, 일단 울
기 시작하면 빨리 그치지 않기 위해 온갖 노력을 다했다. 우는

이유야 여러 가지였겠지만, 한번 울기 시작하면 그때부터 '왜' 우는가는 별로 중요하지 않고 순전히 울기로 한 나의 결정에 충실하기 위해 일부러 슬픈 생각까지 해 가며 우는 일에 열중했었다.

어머니는 항상 "넌 한평생 흘릴 눈물을 어렸을 때 다 흘렸으니 네 팔자에 이제는 울 일이 없을 거다"라며 말씀을 맺곤 하신다. 그러니 이제 '웃을 일만 남은' 내 팔자지만, 그리고 이제는 체면 때문에 드러내 놓고 잘 울지도 못하지만, 그래도 사는 게 그게 아닌지 여전히 찔끔거리기를 잘한다.

그리고 어른이 되어서도 눈물을 흘리는 이유는 어렸을 때와 별반 다를 게 없다. 정말로 어른답게, 그리고 어린 학생들을 가르치는 선생답게, 다른 사람들의 아픔을 나누는 연민의 눈물이나 세상의 불의를 보고 흘리는 비탄의 눈물 아니면 내가 범한 잘못을 뉘우치는 통한의 눈물이 아니다.

그저 갑자기 발작처럼 사는 게 슬퍼져서 우는 감상의 눈물이거나, 삶을 내 맘대로 휘두르지 못해 억울해서 우는 오만의 눈물이거나, 아니면 문득 이 세상에 내가 존재하고 있다는 것이 너무 낯설어서 우는 두려움의 눈물이다. 또 감상적인 책이나 영화를 보면서 속으로는 '참 웃기지도 않네, 사람 울리려고 별

짓 다 하네' 하고 욕하면서도 어느새 눈에 맺히는 그저 습관적인 눈물일 뿐이다.

〈어린 왕자〉의 작가 생텍쥐페리는 슬픔을 느끼는 것이야말로 살아 있다는 증거이고, 남을 위해 흘리는 눈물은 모든 사람들의 가슴속에 숨어 있는 보석이라고 했다.

그러나 나의 눈물은 그저 눈물을 흘리기 위한 눈물이요, 순전히 자기 연민의 의미 없는 눈물이니 보석은커녕 아마 버려도 아깝지 않은 자갈쯤 될 것이다. 그러나 최근에 나는 진정 보석 같은 눈물을 흘리는 세 사람을 보았다.

얼마 전 〈체험 삶의 현장〉이라는 텔레비전 프로에는 유진 박이라는 바이올리니스트가 흑염소 농장에서 일하는 모습이 방영되었다. 염소에게 먹이를 주고, 우리의 배설물을 치우고, 염소를 몰고 다니며 바이올린도 켜고, 목동이 하는 여러 일을 하며 하루를 보냈다.

저녁때가 되자 농장으로 트럭 한 대가 왔고, 유진 박은 트럭에 실리기 위해 철장에 갇힌 염소들 앞에 쭈그리고 앉았다. 미국에서 자라나 우리말이 어눌한 그는 목멘 소리로 "잘 가, 친구"하며 눈물을 글썽였다. 그러다가 갑자기 떠나는 트럭 뒤에 대고 유진 박은 "도망가, 너네들 다 도망가!" 하고 소리쳤다.

음악에 문외한인 나는 어떤 기준으로 바이올린 연주를 평가하는지 잘 모르지만, 도살장으로 끌려가는 짐승을 보고 가슴 아파 눈물 흘리는 그 마음이야말로 그의 연주를 아름답게 해주는 게 아닐까 싶다.

또 한 사람, 우리 과 조교 은주는 자원봉사로 고아원에서 어린아이들을 돌보는 일을 했다. 어느 날 한 살 난 어린아이를 돌보고 있는데 갑자기 아이가 숨을 헐떡이고 몸을 비비 꼬며 심하게 경련을 했다. 너무 놀라고 겁이 난 나머지 큰 소리로 사람들을 불렀지만 아무도 오지 않았다.

은주는 아이를 꼭 끌어안고 울었다. 마침내 수녀님이 와서, 그저 아이가 간질 증세의 발작을 보인 것이라고 했다.

"그런데 선생님, 저는 아이가 죽는 줄 알았어요. 그 아이만 살려 주시면 무슨 일이든 하겠다고 기도했어요. 태어나서 그렇게 열심히 기도해 본 적이 없어요."

내게 얘기하면서도 은주의 눈에서는 계속 눈물이 흘렀고, 그런 은주의 모습은 그 어느 때보다 더 아름다워 보였다.

마지막으로, 호스피스 프로그램을 다룬 텔레비전 프로에서 말기 암 환자인 한 젊은 엄마의 마지막 몇 달을 취재했다. 죽음

을 맞이하는 젊은 엄마가 아홉 살과 일곱 살짜리 아들들에게
남긴 유언은 "언제나 씩씩하고, 아빠가 새엄마를 모시고 오면
새엄마에게 잘해 드려라"라는 것이었다.

엄마를 묻고 온 날 밤 두 어린 형제는 마주 앉아 아빠에게 편
지를 썼다.

'아빠, 우리 항상 씩씩할게요. 그러니까 제발, 새엄마 데리고
오지 마세요.'

며칠 후 기자가 다시 형제를 찾아갔을 때 아홉 살짜리 형은
웃는 얼굴로 "안녕하세요?" 하며 기자에게 먼저 인사를 했다.

"엄마 보고 싶지 않니?"

기자가 묻자 아이는 갑자기 군인처럼 손을 양옆에 붙이고 꼿
꼿이 서더니 목이 터져라 소리 질렀다.

"넷, 보고 싶어요. 그렇지만 저 씩씩해요!"

순간 나는 분명히 카메라가 흔들렸다고 생각했다.

"그래, 참 씩씩하구나."

대답하는 기자의 목소리도 떨렸다. 군인 같은 자세로 고함지
르는 것이 아이가 생각하는 '씩씩함'이었고, 어머니와의 약속
을 지키는 것이었다.

오래전 나훈아는 '사랑은 눈물의 씨앗'이라고 노래했지만 거

꾸로 눈물은 사랑의 씨앗이 아닌지. 진정 남을 위해 흘리는 이들의 눈물이 자갈밭같이 메마른 내 가슴을 촉촉이 적셨다.

'진짜'가 되는 길

내가 좋아하는 성 프란치스코의 '평화의 기도' 중에는 "이해받기보다는 이해하고, 사랑받기보다는 사랑하게 하소서"라는 구절이 있다. 꼭 이 기도문이 아니더라도 이 말은 어렸을 때부터 주위 어른들에게서 귀에 못이 박히도록 들었고, 이제는 내가 어른이 되어 걸핏하면 입에 올리는 말이기도 하다.

'사랑을 받기보다는 주는 사람이 되라. 그리고 이왕 주는 사랑이라면 타산적이고 쩨쩨하지 않게 '제대로' 된 사랑을 주라.'

나 자신도 제대로 사랑할 줄 모르면서 이런 말을 한다는 것이 참으로 어쭙잖지만, 그래도 가끔은 스스로에게 상기시키는 말이다. 사실 내가 업으로 삼고 있는 문학의 궁극적인 주제도 결국은 '어떻게 사랑하며 살아가야 하는가'의 문제로 귀착되니, 내 삶의 주제는 단연 '사랑하라'가 될 것이다.

그러나 요즘 들어 나는 가끔 남을 이해하고 사랑하는 마음도 중요하지만, 그 사랑을 제대로 받아들일 줄 아는 마음도 그 못지않게 중요하다는 생각을 해 본다. 누군가의 사랑을 받으면서도 그 사랑을 시큰둥하게 여기거나, 아니면 그 사랑으로 인해 오히려 오만해진다면 그 사랑은 참으로 슬프고 낭비적인 사랑이다.

사랑하는 일은 막대한 시간과 에너지를 요한다. 누군가를 좋아하고 항상 배려하는 마음, 그 사람이 지금 어디서 무엇을 하고 있을까 궁금한 마음, 너무나 보고 싶은 마음—어떤 행동이나 말을 해도 항상 의식의 언저리에 있는 그 사람의 지배를 받는 것은 대단한 영혼의 에너지를 요한다.

그런데도 우리는 고작 차 한두 대 굴리는 석유나 석탄 같은 눈에 보이는 에너지는 아까워하면서, 막상 이 우주를 움직이는 사랑이라는 에너지는 그저 무심히 흘려 버리기 일쑤다.

우리에게 잘 알려지지 않은 서양 동화 중에 〈벨벳 토끼〉라는 이야기가 있다. 이 이야기는 어떤 아이가 갖고 있는 장난감 말과 토끼가 나누는 대화로 이루어져 있다.

"나는 '진짜' 토끼가 되고 싶어. 진짜는 무엇으로 만들어졌을까?"

잠자는 아이의 머리맡에서 새로 들어온 장난감 토끼가 아이의 오랜 친구인 말 인형에게 물었다.

"진짜는 무엇으로 어떻게 만들어졌는가는 아무 상관이 없어. 그건 그냥 저절로 일어나는 일이야."

말 인형이 대답했다.

"진짜가 되기 위해서는 많이 아파야 해?"

다시 토끼가 물었다.

"때로는 그래. 하지만 진짜는 아픈 걸 두려워하지 않아."

"진짜가 되는 일은 갑자기 일어나는 일이야? 아니면 태엽 감듯이 조금씩 조금씩 생기는 일이야?"

"그건 아주 오래 걸리는 일이야."

"그럼 진짜가 되려면 어떻게 해야 해?"

"아이가 진정 너를 사랑하고 너와 함께 놀고, 너를 오래 간직하면, 즉 진정한 사랑을 받으면 너는 진짜가 되지."

"사랑받으려면 어떻게 하면 되지?"

"깨어지기 쉽고, 날카로운 모서리를 갖고 있고, 또는 너무 비싸서 아주 조심스럽게 다루어야 하는 장난감은 진짜가 될 수 없어. 진짜가 될 즈음에는 대부분 털은 다 빠져 버리고 눈도 없어지고 팔다리가 떨어져 아주 남루해 보이지. 하지만 그건 문제 되지 않아. 왜냐하면 진짜는 항상 아름다운 거니까."

아이의 장난감이 아이의 사랑을 받음으로써 닳고 닳아야 비로소 생김새는 초라하지만 진정한 아름다움을 지닌 '진짜'가 될 수 있는 것처럼, 사랑을 받는다는 것은 '진짜'가 될 수 있는 기회를 부여받는 일이다. 잘 깨어지고, 날카로운 모서리를 갖고 있으며, 또 너무 비싸서 장식장 속에 모셔 두어야 하는 장난감은 위험하고 거리감을 느끼기 때문에 아이가 사랑하지 않게 되고, '진짜'가 될 기회를 잃게 된다.

사람들도 마찬가지이다. 사랑받는다는 것은 '진짜'가 될 수 있는 귀중한 기회이다. 모난 마음은 동그랗게('사람'이라는 단어의 받침인 날카로운 ㅁ을 동그라미 ㅇ으로 바꾸면 '사랑'이 되듯이), 잘 깨지는 마음은 부드럽게, 너무 '비싸서' 오만한 마음은 겸손하게 누그러뜨릴 때에야 비로소 '진짜'가 되는 것이다.

그리고 '진짜'는 사랑받는 만큼 의연해질 줄 알고, 사랑받는 만큼 성숙할 줄 알며, 사랑받는 만큼 사랑할 줄 안다. '진짜'는 아파도 사랑하기를 두려워하지 않고, 남이 나를 사랑하는 이유를 의심하지 않으며, 살아가다 넘어져도 다시 일어설 수 있는 용기를 가진다.

"사랑할 줄 아는 사람이 되라"는 간판을 이마에 달고 다니는 나도 정작 사랑을 제대로 받을 줄 모른다. 걸핏하면 모서리 날카로운 네모가 되고, 걸핏하면 당연히 사랑받을 권리가 있다는 듯 '나는 선생이고 너는 학생이니까' 하는 거만한 마음을 갖고, 또 걸핏하면 내가 거저 받는 그 많은 사랑들도 적다고 투정한다.

한번 생겨난 사랑은 영원한 자리를 갖고 있다는데, 이 가을에 내 마음속에 들어올 사랑을 위해 동그랗게 빈자리 하나 마련해 본다.

사랑받기 때문에 사랑할 줄 아는 '진짜'됨을 위하여.

아프게 짝사랑하라

신학기가 시작되어 캠퍼스는 다시 북적대고 활기에 넘친다. 생기에 넘쳐 빛나는 얼굴들, 희망과 기쁨에 찬 화사한 미소들, 단지 살아 있다는 사실만으로 행복해 보이는 젊은이들을 보며 나는 다시 봄이 왔음을 실감한다.

어김없는 계절의 순환 속에서 속절없이 세월은 흐르고, 나는 어느덧 그들의 젊음이 부러운 나이가 되었음을 깨닫는다.

어느 시인이 말하기를, 인생 행로에 있어 청춘을 마지막에, 즉 60대 뒤쯤에 붙이면 인간은 가장 축복받은 삶을 살게 될 것 이라고 했다. 육체가 가장 아름답고 왕성한 힘을 발휘하는 청춘에는 미래에 대한 방향 설정과 불확신으로 고뇌하고 방황하며 어설프게 지내고, 이제 어느 정도 인생의 깊은 맛을 알게 될 때는 이미 몸과 마음이 시들 대로 시들어 참된 인생을 즐길 수 없다는 말이다.

그러나 인생의 깊은 맛을 아는 청춘, 삶에 대한 모든 답을 가지고 초연하고 담담하게 회심의 미소를 짓는 청춘—어쩐지 어색하고 어울리지 않는다. 삶에 대한 끝없는 물음표를 들고 방황하며 탐색하는 모습이 있어 아름다운 시기가 청춘이고, 미래에 대한 희망과 두려움이 공존하기 때문에 더욱 극적이고 신비스러운 시기가 청춘이기 때문이다.

영작문을 가르칠 때 나는 언제나 학생들에게 영어로 일기를 쓰게 하고 한 달에 한 번씩 걷어서 점검한다. 자유로운 주제로 편하게 쓰는 글이라 그런지 학생들의 문장은 영문 보고서의 작위적이고 현학적인 문체보다 훨씬 더 유려하고 자연스럽다.

내가 학생들로 하여금 일기를 쓰게 하는 데는 조금이라도 영어를 더 많이 쓰게 하려는 교육적인 목적도 있지만 한편으로는 순전히 이기적인 목적도 있다.

한 학기 동안 눈을 마주치는 나의 학생들이 무슨 생각을 하며 어떤 생활을 하는가를 알고 싶기도 하고, 그들을 통해 이제는 돌이킬 수 없는 나의 청춘을 대리 경험하고 싶기 때문이다.

　내가 읽을 것을 전제로 하는데도 학생들은 아주 솔직하게 자기 표현을 하고, 일기 대신 편지로 직접 내게 상담을 구하기도 한다. 그들의 일기는 대부분 몇 가지 주제—공부에 대한 어려움, 전공에 대한 회의, 동아리 생활, 가정 생활, 그리고 물론 사랑 이야기—들로 겹쳐진다.

　그중에서도 자주 대하는 것은 짝사랑에 대한 고뇌와 슬픔 또는 좌절감이다. 남보다 잘생기거나 예쁘지 못해서, 키가 작아서, 집안이 가난해서, 성격이 너무 내성적이라서 등등 여러 가지 이유로 혼자 누군가를 짝사랑하면서 괴로워하거나 지독한 자괴감에 빠지기도 한다.

　그런 학생들에게 어떤 말을 해 준들 위로가 되겠는가마는, 내가 안타깝게 느끼는 것은 그들이 스스로의 슬픔에 취해서 자신들이 얼마나 소중한 경험을 하고 있는지 모르고 있다는 것이다. 짝사랑이야말로 젊음의 특권, 아니 의무라는 사실을 말이다.

　나도 그 나이에는 짝사랑하면서 슬퍼하고 깨어진 꿈에 좌절하면서, 마치 이 세상의 모든 번민은 모조리 내 가슴속에 쌓아 놓은 듯 눈물까지 떨구어 가며 일기장에 괴로운 속마음을 토로

하곤 했었다.

그러나 이제 중년의 나이가 되어 하루하루를 그저 버릇처럼 살아가는 지금 그 '괴로운' 짝사랑들은 가슴 저리는 그리움으로 다가온다.

어느덧 불혹의 나이를 넘긴 나. 이제는 어느 정도 여유롭게 삶에 대한 포용력을 가지고 조금은 호기를 부릴 수도 있는 나이가 되었다. 그렇지만 '불혹不惑'—보고 듣는 것에 유혹받지 아니하고 마음이 흔들리지 아니함—이란 말은, 따지고 보면 슬픈 말이다.

아름다운 것을 보고 감격하지 않고, 슬픈 것을 보고 눈물 흘리지 않고, 불의를 보고도 노하지 않으며, 귀중한 것을 보고도 탐내지 않는 삶은 허망한 것이리라.

그것은 즉 이제는 치열한 삶의 무대에서 내려와 그저 삶을 관조하는 구경꾼으로 자리바꿈했다는 것과 무엇이 다르겠는가. 아니, 어쩌면 '불혹'이란 일종의 두려움, 삶의 한가운데로 다시 뛰어들 용기가 없는 데에 대한 슬픈 자기 방어를 말하는 지도 모른다.

어떻게 들릴지 모르겠지만, 짝사랑이란 삶에 대한 강렬한 참여의 한 형태이다. 충만한 삶에는 뚜렷한 참여 의식이 필요하고, 거기에는 환희뿐만 아니라 고통 역시 수반하게 마련이다. 우리 삶에 있어서의 다른 모든 일들처럼 사랑도 연습을 필요로 한다.

그리고 짝사랑이야말로 성숙의 첩경이고 사랑 연습의 으뜸이다. 학문의 길도 어쩌면 외롭고 고달픈 짝사랑의 길이다. 안타깝게 두드리며 파헤쳐도 대답 없는 벽 앞에서 끝없는 좌절감을 느끼지만, 그래도 포기하지 않고 끝까지 나아가는 자만이 마침내 그 벽을 허물고 좀 더 넓은 세계로 나갈 수 있는 승리자가 된다.

그러므로 젊은이들이여, 당당하고 열정적으로 짝사랑하라. 사람을 사랑하고, 신을 사랑하고, 학문을 사랑하고, 진리를 사랑하고, 저 푸른 나무 저 높은 하늘을 사랑하고, 그대들이 몸담고 있는 일상을 열렬히 사랑하라.

사랑에 익숙지 않은 옹색한 마음이나 사랑에 '통달'한 게으른 마음들을 마음껏 비웃고 동정하며 열심히 사랑하라. 눈앞에 보이는 보상에 연연하여, 남의 눈에 들기 위해 자신을 버리는 사랑의 거지가 되지 말라.

창밖의 젊은이들을 보며 나도 다시 한번 다짐한다. '불혹'의 편안함보다는 여전히 짝사랑의 고뇌를 택하리라고. 내가 매일

대하는 저 아름다운 청춘들을 한껏 질투하며 나의 삶을, 나의 학문을, 나의 학생들을 더욱더 열심히 혼신을 다해 짝사랑하리라.

언젠가 먼 훗날 나의 삶이 사그라질 때 짝사랑에 대해 허망함을 느끼게 된다면 미국 소설가 잭 런던과 같이 말하리라. "먼지가 되기보다는 차라리 재가 되겠다"고. 그 말에는 무덤덤하고 의미 없는 삶을 사는 것보다는 고통을 수반하더라도 찬란한 섬광 속에서 사랑의 불꽃을 한껏 태우는 삶이 더 나으리라는 확신이 있기 때문이다.

장영희가 둘?

얼마 전 동료 교수 하나가 웃으면서 어떤 학생이 나에 대해
한 말을 전했다.

"학교에 들어오기 전에 영자 신문이나 다른 글들을 통해 알
았던 장영희 선생님하고 수업 들으면서 뵙는 선생님은 영 딴판
이에요. 글 속의 선생님은 아주 온화하고, 낭만적이고, 감성적
이기까지 한데, 교실에서 만나는 선생님은 아주 엄격하고, 철
저하고, 점수도 되게 짜요."

사실 내가 이런 말을 듣는 것은 처음이 아니다. 인간 장영희
와 글 쓸 때의 장영희를 둘 다 알고 있는 사람들이 가끔 내게

농담처럼 하는 말이다. 학생의 말처럼, 글 속의 장영희는 섬세하고 부드럽고 따뜻한 데 반해 실제로 만나는 장영희는 아주 무뚝뚝하고 직설적이고 비판적이라는 것이다. 나도 간혹 누가 진짜 장영희인지, 아니면 적어도 어느 쪽에 더 가까운지 생각해 보곤 한다.

일상 속의 나는 깐깐하고 엄격한 선생님, 논리적으로 분석하기 좋아하는 원칙론자, 감상을 배제하고 효율성을 따져 이성적으로 결정하는 기능주의자, 실수를 용서하지 않는 완벽주의자, 다른 사람의 감정에 무감각한 실리주의자, 속전속결의 현실주의자, 무슨 말이든 삐딱하게 받아들이는 회의론자이다. 내겐 분명히 그런 구석이 있다. 그렇지만 또 다른 나의 모습도 있다. 그것은 말 한마디에도 상처받을 정도로 마음 여리고 다른 사람들의 역경을 안타까워하며 잠을 설치고, 부끄럼 잘 타고 누가 무슨 말을 하든 문자 그대로 믿는 순진무구함, 게다가 구제 불능의 낭만주의자, 이상주의자, 감상주의자, 실수투성이에 후회 덩어리…… 그것도 분명 나다. 그러니 어느 쪽이 진짜 나인지 나도 단정 짓기 힘들다.

그런데 지난 며칠 사이에 받은 편지 두 장은 이러한 나의 정체성 혼돈에 또 다른 문제를 제기했다.

하나는 몇 년 전에 졸업한 학생에게서 온 것이고, 또 하나는 여기저기서 내 글을 보았다는 독자에게서 온 것이었다. 그런데 재미있는 것은 두 편지 모두 비슷한 말로 나를 평가하고 있었다.

우선 학생에게서 온 편지에는 이렇게 씌어 있었다.

'장 선생님을 생각할 때마다 저는 선생님이 몸이 불편하신 분이라는 것을 잊습니다. 그저 선생님의 밝은 웃음과 빠른 말투, 그리고 무엇보다도 선생님의 그 당당함을 기억합니다. 선생님은 삶에 대한 생동감으로 가득 차고 울퉁불퉁한 인생길을 멋지게 운전해 가시는 분입니다. 선생님의 맺고 끊으심이 분명한 태도, 언제 어디서나 자신만만하신 모습, 선생님처럼 재미있게 살아가는 방법, 그리고 그 웃음까지도 배우려고 노력합니다.'

우체국에 근무한다는 독자는 편지와 함께 슈베르트의 〈송어〉가 담긴 CD를 동봉해 왔다.

'선생님의 글을 읽을 때면 이 노래가 생각납니다. 선생님은 항상 행복하고 유쾌하고 솔직하신데, 그것은 선생님이 갖고 계시는 자신감, 당당함 때문이라고 생각합니다. 비밀을 얘기해 주세요. 삶 앞에서 그렇게 자신만만하고 당당할 수 있는 방법

을 가르쳐 주세요.'

두 편지가 다 나의 삶에 대한 당당함과 확신을 말하고 있었다. 그건 좀 의외였다. 정말 그런가? 이상주의와 현실주의로 분열된 장영희는 수긍이 가지만, 그들의 지적처럼 나는 정말로 자신만만하게 인생길을 멋지게 운전해 가고 있는가? 적어도 이에 대한 답은 내 스스로 확실하게 알고 있다. 절대로 아니다. 아니, 얼토당토않은 소리이다.

《미국인》이라는 소설에서 헨리 제임스는 한 인물에 대해 "그는 불운을 깨울까 무서워 발끝으로 살짝 걸으며 살아갔다"라고 말하고 있는데, 그게 바로 나다. 마치 지뢰밭을 지나가듯, 외줄 타기를 하듯, 조심조심, 하시何時라도 뒤통수 맞을까 봐 벌벌 떨며 한 발짝 한 발짝 내밀고 있는 게 바로 나다.

그래서 나는 항상 무엇인가 걱정하고 조바심하고, 주저하고 결단하지 못하고 불확신에 차 있다.

그렇다면 왜 다른 사람들은 나 아닌 나를 나라고 생각하는가?

없는 글재주로 설명하려고 하기보다는 짧은 글 하나를 소개하는 것이 나을 듯싶다. 영어로 쓰인 글인데, 오래전 어떤 잡지에서 읽고 복사해서 노트에 끼워 두었던 것이다. 누가 쓴 것인지, 원전이 어디인지조차 알 수 없지만, 내 마음을 가장 잘 대변하고 있는 글이다.

가면

나한테 속지 마세요. 내가 쓰고 있는 가면이 나라고 착각하지 마세요. 나는 몇천 개의 가면을 쓰고 그 가면들을 벗기를 두려워한답니다. 무엇무엇 하는 '척'하는 것이 바로 내가 제일 잘하는 일이죠. 만사가 아무런 문제 없이 잘되어 가고 있다는 듯, 자신감에 가득 차 있는 듯 보이는 것이 내 장기이지요. 침착하고 당당한 멋쟁이로 보이는 것은 내가 제일 좋아하는 게임이지요. 그렇지만 내게 속지 마세요.

나의 겉모습은 자신만만하고 무서울 게 없지만, 그 뒤에 진짜 내가 있습니다. 방황하고, 놀라고, 그리고 외로운.

그러나 나는 이것을 숨깁니다. 아무도 모르는 비밀입니다. 나는 나의 단점이 드러날까 봐 겁이 납니다. 그러나 이것을 말할 수는 없어요. 어떻게 감히 당신께 말할 수 있겠어요.

나는 두렵습니다. 당신이 나를 받아 주지 않고 사랑하지 않을까 봐 두렵습니다. 당신이 나를 무시하고 비웃을까 봐 두렵습니다.

당신이 나를 비웃는다면 나는 아마 죽고 싶을 겁니다. 나는 내가 아무것도 아니라는 것을 잘 압니다. 그게 밝혀지고 그로 인해 사람들로부터 거절당할까 봐 겁이 납니다. 그래서 나는 당당함의 가면을 쓰고 필사적인 게임을 하지만, 속으로는 벌벌 떠는 작은 아이입니다.

나는 중요하지 않은 일에 관해서는 무엇이든 얘기하고 정말 중요한 일에 관해서는 아무 말도 안 합니다. 하지만 그럴 때, 내가 말하는 것에 속지 마세요. 잘 듣고 내가 말하지 않는 것, 내가 말하고 싶은 것, 내가 말해야 하지만 할 수 없는 것들을 들어 주세요.

그렇지만 나는 가면 뒤에 숨어 있는 것이 싫습니다. 나는 내가 하고 있는 게임이 싫습니다. 나는 순수하고 자유로운, 진짜 내가 되고 싶습니다.

하지만 당신이 나를 도와줘야 합니다. 내가 절대로 원하지 않는 것 같아 보여도 당신은 내게 손을 내밀어 주어야 합니다. 당신만이 내가 쓰고 있는 가면을 벗어 버리게 할 수 있으니까요. 당신이 친절하고 부드럽게 대해 주고 나를 격려해 줄 때, 정말로 나를 보듬어 안고 이해해 줄 때, 나는 가면을 벗어 던질 수 있습니다. 당신이야말로 내 속의 진짜 나를 다시 살릴 수 있습니다.

당신이 내게 얼마나 소중한 사람인지 알아주셨으면 합니다. 내가 숨어서 떨고 있는 벽을 허물고 가면을 벗어 던지게 할 수 있는 사람도 당신뿐입니다. 당신은 나를 불안과 열등감, 불확신의 세계에서 해방시켜 줄 수 있습니다. 그냥 지나가지 말아 주세요!

그것은 당신께 쉽지 않습니다. 오랫동안 쌓인 두려움과 가치 없는 인생을 살고 있다는 회의의 벽을 무너뜨리는 것은 쉽지 않습니다. 당신이 내게 더욱 가까이 올수록 나는 더욱더 저항해서 싸울지 모릅니다. 그러나 사랑과 용납, 관용은 그 어느 벽보다 강합니다.

부드러운 손으로 그 벽들을 무너뜨려 주세요. 내 속에 있는 어린아이는 아주 상처받기 쉽고 여리기 때문입니다. 내 가면을 벗기고 나를 받아들이고 나를 사랑해 주세요.

나는 받아들여지고 사랑받기를 원합니다.

나는 당신이 아주 잘 아는 사람입니다. 나는 당신이 만나는 모든 사람입니다.

나는 바로 당신입니다.

천국 유감

하루 일과를 끝내고 잠자리에 들기 전 잠시 눈을 감고 하루를 돌이켜 보면 안도감과 허탈감을 동시에 느낀다. 그나마 커다란 실수 없이 하루를 마무리할 수 있었다는 안도감과 또 한편으로는 속절없이, 아무것도 제대로 하지 못한 채 하루를 허비했다는 허탈감이다.

그야말로 화살같이 흐르는 나날들. 허무할 뿐 아니라 죄의식마저 느낄 정도이다. 장영희가 이 세상에 태어난 이유가 무엇이었는가. 장영희가 이 세상에 태어나 무엇을 하였는가. 귀한 생명 받고 태어나 한평생 살다가, 죽을 때 이 세상에 손톱자국

만큼이라도 살다 간 좋은 흔적을 남길 수 있는가. 그저 시간 되면 일어나 기계처럼 학교 가고, 기계처럼 학생들 가르치고 기계처럼 회의에 참석하고, 하루 종일 사람들과 일에 치여 밤이 되면 지쳐 잠들고…….

그런데 아이로니컬한 것은 이렇게 천편일률적인 삶 속에도 하루하루 살아가는 것은 왜 그리 힘든지. 항상 시간에 쫓겨 잠은 늘 부족하고 급하게 수업 준비하느라 밥이 코로 들어가는지 입으로 들어가는지도 모르고, 학생들 야단치고 눈 흘기고, 원고 마감 일자 못 지켜 조바심하고, 누군가를 미워하고 사랑하며 울고 웃고, 항상 기승전결 없는 연극처럼 극적인 하루하루인데, 돌이켜 보면 그저 물 흐르듯 흔적 없이 사라져 버린 세월이다.

어제는 오늘 아침까지 제출해야 할 원고가 있어 밤을 새워야 했다. 그런데, 요즘 들어 부쩍 청력이 약해지신 어머니는 텔레비전을 너무 크게 틀어 놓으시고, 여섯 살짜리 조카는 아래층 위층으로 뛰어다니는 바람에 너무 시끄러워 일을 끝내지 못했다.

짜증스러운 마음으로 잠자리에 들었다가 엎친 데 덮친 격으로 자명종을 잘못 맞추어 늦잠을 자고 말았다. 시계를 보니 8시. 9시 회의에 맞춰 가려면 늦어도 한참 늦은 시간이었다. 막 일어나려는데, 내 방 창으로 내다보이는 옆집 뜰에서 젊은 부부가 떠드는 소리가 들려왔다.

창문을 살짝 열고 내다보니 부부가 마당 한가운데 서서 말다툼을 하고 있었다. 독실한 불교 신자인 시어머니가 뜰 여기저기에 자갈돌로 작은 탑들을 쌓아 놓았는데, 그중 하나를 아내가 쳐서 넘어뜨렸다는 것이었다.

남편은 '그것은 엄마가 제일 좋아하는 탑인데 왜 하필이면 그걸 무너뜨렸느냐'는 것이었고, 아내는 '어쩌다 치마 끝에 스쳤는데 그 정도의 실수도 넘어가지 못하느냐'며 맞서고 있었다. '아무리 철없는 젊은 부부라지만 원 별것 가지고 다 싸우네, 그까짓 자갈탑 한 30분이면 다시 만들걸' 하고 속으로 생각하며 부랴부랴 출근 준비를 했다.

회의가 끝나고서도 또 급히 준비해야 할 서류가 있어 점심 먹을 겨를이 없었다. 겨우 2시경에야 매점에서 산 김밥을 먹으며 서류를 챙기고 있는데 선미가 들어왔다. 선미는 요즘 들어 상담차 자주 찾아오는 학생이었다. 늘 반갑게 맞았지만 이번만큼은 별로 반갑지 않았다. 그래도 차마 다음에 오라는 말은 못 하고 앉으라고 했다. 병으로 1년 휴학하고 나니 학교생활에 적응하는 것이 힘들더라, 이제 졸업할 때가 되어 자신은 공부를 더 하고 싶은데 부모님은 취업을 강요하신다, 남자 친구는 다른 여자 친구가 생겼다고 고백했다는 등등, 본인은 너무나 절실하게 이야기하고 있었지만 나는 급한 마음에 김밥을 먹어 가며 건성으로 듣고 있었다.

그런데 갑자기 선미가,

"정말이지 요즘 같아서는 죽고 싶어요, 선생님" 하고 말했다.

"뭐라구? 죽는 게 그렇게 쉬운 줄 알아?"

선미의 입에서 처음으로 나온 말이 아니었기에 이번에도 그냥 시큰둥하게 대답했다.

"못 죽을 것도 없지요."

그러더니 잠시 무언가 생각하던 선미가 덧붙였다.

"천당에 갈 수만 있다면요."

"뭐?"

먹던 김밥이 목에 걸릴 정도였다. '천당에 갈 수 있다면……'이라는 단서가 참으로 재미있고 신선하게 들렸다. 한 번도 생각해 본 적이 없지만 듣고 보니 꽤 논리적이고 타당한 말이었다. 죄는 많이 지었지만 그래도 다행히 지옥불에 떨어지지 않고 천당에 갈 수 있다면 이 고달픈 삶을 지금 당장 청산하고 천당에 가 보는 것도 어떠랴 싶었다.

물론 가 본 적은 없지만 이상하게도 '천국' 하면 구체적으로 떠오르는 그림이 있다. 아주 평온하고 푸른 들판에 향기로운 미풍이 불고 아름다운 꽃이 피어 있는 풍경. 그 위에 헐렁하고 편한 흰색 옷을 입은 사람들이 누워 하루 종일 천상의 음악을 들으며(왠지 하프로 연주할 것 같은) 기막히게 맛있는 음식에 천상의 음료를 마신다. 물론 일 따위는 할 필요도 없다.

우리가 알고 있는 것과 같은 시간은 존재하지 않으므로 죽을 필요가 없고, 죽지 않으니 사랑하는 사람과의 영원한 이별도 없다. 전쟁도 없고, 질병도 없고, 환경 문제도 없고, IMF도 없고, 회의도 없고, 채점해야 할 학생들 페이퍼도 없고, 그리고 무엇보다 하루하루 서로 미워하고 질시하거나 싸우는 일도 없다.

오늘 아침에 그 젊은 부부만 해도 천국에서라면 싸우지 않을 것이다. 아니, 애당초 그 시어머니가 하늘을 향한 마음으로 그런 탑을 쌓지도 않을 것이다. 부처님과 예수님이 이웃이고, 아무 때나 마음 내키면 찾아가서 함께 대화할 수 있을 테니까.

얼마나 아름답고 완벽한 삶인가. 그런 천국에서 산다는 건 얼마나 행복하겠는가? 그렇지, 나도 죽는 바로 그 순간 하늘에서 날개 달린 천사들이 내려와 천국으로 모셔 간다는 보장만 있다면 지금 죽는 것도 별로 나쁘지 않겠지.

선미가 간 후에야 문득 오래전에 읽은 이야기 하나가 생각이 났다. 노벨 문학상을 받은 유대인 작가 아이작 싱어가 쓴 〈바보들의 천국〉이라는 단편이다.

아첼은 어느 부자 상인의 외아들인데, 천성이 게을러서 일하거나 공부하는 것을 끔찍이 싫어했다. 그는 자기가 아버지의 사업을 물려받아야 할 것을 알고 있었고, 그것은 죽기보다 싫은 일이었다.

그러던 중 어느 날 유모로부터 천국에 가면 일할 필요도 없이 매일 놀고먹을 수 있다는 말을 듣고 귀가 번쩍 띄었다. 그러고는 죽어야 천국에 갈 수 있다는 말에 천국에 가고 싶은 나머지 죽기를 바라며 오랫동안 꼼짝 않고 침대에만 누워 있었다. 아첼의 부모는 걱정이 되어 현명한 의사와 상의하였고, 의사는 '처방법'을 알려 주었다.

아첼이 다음 날 깨어 보니 자신이 아름답게 장식된 방에 누워 있는 게 아니겠는가. 그리고 그 곁에는 등에 날개가 달린 천사들(사실은 하인들)이 그가 깨어나기를 기다리고 있었다. "여기가 어디죠?" 아첼이 묻자, 한 천사가 "여기는 천국입니다"라고 대답했다. 아첼은 천국에 온 것이 너무나 기뻤다. 하루 종일 아무 일 안 해도 잔소리하는 이가 없었고, 잠잘 때가 되면 천사들이 들어서 포근한 침대에 눕혀 주었고, 식사 때가 되면 금접시 은접시에 산해진미가 들어왔다.

며칠이 지나 아첼은 갓 구운 빵, 버터, 커피가 먹고 싶다고 했으나 천사는 "천국엔 그런 음식이 없습니다"라고 말했다. 실망한 아첼이 "지금 몇 시나 됐소? 밤이오 낮이오?" 하고 물으니, "천국에는 시간이 존재하지 않습니다"라고 답했다. 그러자 아첼이 다시 물었다. "그럼 난 이제 뭘 하지?" 그러자 천사가 말했다. "천국에서는 '할 일'이 없습니다."

산해진미만 먹고 온종일 침대에 누워 잠자는 일밖에는 할 일이 없자, 아첼은 생전 처음으로 무엇인가 일을 하고 싶은 생각이 간절해졌다. 그러나 천사들은 "천국에서는 일을 할 필요가 없습니다" 하고 말할 뿐이었다. 그렇게 가짜 천국에서 일주일을 보낸 아첼은 마침내 참지 못해 소리쳤다.

"이렇게는 못 살겠어! 차라리 죽는 게 낫겠어!"

"천국에서는 '죽는다'는 것이 없습니다."

천사의 대답이었다.

8일째 되는 날 아첼의 부모는 아들을 다시 '지상'으로 데려왔고, 7일 동안의 '천국' 경험은 아첼을 완전히 다른 사람으로 만들었다.

"사는 것이 이렇게 재미있고 좋은 것인지 몰랐어."

그 후 아첼은 열심히 일하고, 열심히 사는 사람이 되었다.

천국이란 데가 내가 상상하는 그런 곳이라면, 그곳에는 걱정거리 하나 없고, 미워할 사람도 없고, 완벽하게 아름답고, 나쁜일이나, 슬픈 일도 일어나지 않는다. 그곳에는 훌륭하고 좋은사람들만 있어, 남을 비판하거나 질시하지도 않고, 언제나 인자하고 따뜻한 미소를 띠고 상냥한 말만 한다.

그런데 그런 '천국'에 정말 당장 가고 싶은지 생각해 볼 일이다. 소나기 한 번 내리지 않고 거센 바람 한 줄기 불지 않는 완벽하게 아름다운 평원을 보며, 희로애락의 감정 표현 없이 언제나 미소만 짓는 사람들, 원하는 모든 것이 그대로 이루어지고, 아니 모든 것이 완벽하게 갖추어져 아예 그 무엇도 '원할'필요가 없는 곳, 지상의 시간 개념으로 한 사흘만 살면 숨이 막힐 것 같다.

질시의 아픔을 알기 때문에 용서가 더욱 귀중하고, 죽음이있어서 생명이 너무나 소중하고, 실연의 고통이 있기 때문에사랑이 더욱 귀중하고, 눈물이 있기 때문에 웃는 얼굴이 더욱눈부시지 않은가. 그리고 하루하루 극적이고 버거운 삶이 있기 때문에 평화가 값지고, 희망과 꿈을 가질 수 있는 것이다.

오늘도 하루가 지나고 이제 해가 진다. 창밖을 보니 옆집의 젊은 부부가 언제 싸웠냐는 듯 머리를 맞대고 키득키득 웃으며 오늘 아침 무너졌던 문제의 자갈탑을 다시 쌓고 있다. 그들이 지금 있는 저곳이 바로 천국이 아닐까.

그 누구도 천국을 알지 못한다. 그럼에도 불구하고 나도 죽으면 지옥이 아닌 천국이라는 데로 가고 싶다. 그러나 천국에 가기 전에 지금 내가 바로 여기 이 땅에 발을 붙이고 살아 있다는 사실도 중요하다.

지금, 여기, 내 책상 위에는 교정봐야 할 원고와 학생들 페이퍼가 잔뜩 쌓여 있고, 옆방에서는 어머니가 텔레비전 소리를 크게 틀고 드라마를 보시다 "애, 부엌에서 뭐가 탄다!"며 소리 지르고, 5년 기다려 둘째 아기를 가진 동생은 남편에게 전화를 걸어 오늘 정기 검진 갔다 온 얘기를 하다가, "아이쿠, 찌개" 하며 부엌으로 달려가고, 이층에서는 다시 전화벨이 울리고, 여섯 살짜리 개구쟁이 조카는 바로 내 옆에서 로봇을 가지고 놀며 '지지 주주' 이상한 소리를 내고 있다.

그리고 나는 생각한다. 바로 지금 이 순간이 축복받은 시간이고, 천국은 다름 아닌 바로 여기라고…….

은하수와 개미 마음

　내가 네댓 살쯤 되었을 때 한번은 밤에 전기가 나간 적이 있었다. 깜깜한 암흑 속에서 초를 찾다가 어머니는 오빠에게 초를 사 오라고 하셨다. 형제가 많아 항상 자기보다 하나 걸러 아래 동생 돌보는 것이 원칙이었던 우리 집에서는 나보다 여섯 살 위인 오빠가 나를 '담당'했는데, 학교에 있는 시간만 빼면 항상 나를 업고 다녔다.

　딱지치기나 구슬치기를 할 때도 내가 뒤에 매달려 있어야 무게 중심을 잘 잡을 수 있다면서(물론 그것은 어머니를 돕기 위한 구실이었을 것이다) 굳이 그럴 필요가 없을 때조차 나를 업고 다녔다.

　그날도 어김없이 오빠는 나를 업고 초를 사러 갔다. 멀리서 개 짖는 소리만 들릴 뿐, 주위는 쥐 죽은 듯 고요했다. 깜깜한 골목을 걸어 동네 어귀의 구멍가게로 가다가, 갑자기 오빠가 걸음을 멈추더니 하늘을 가리키며 말했다.

　"영희야, 저것 봐라, 은하수다!"

　아, 나는 그때 봤던 은하수를 평생 잊을 수 없다. 칠흑 같은 하늘 위로 휘몰아치듯 굽이진 별 무리는 그야말로 거대한 빛의 흐름이었다. 그때 오빠가 유난히 반짝이는 별 하나를 가리키며 말했다.

　"저기 북극성 보이지? 북극성은 1100광년이래. 그러니까 지금 네가 보고 있는 별빛은 1100년 전에 저 별을 떠난 거야."

　나는 물론 그때 '광년'이라는 말을 이해하지 못했고, 오빠 역시 나의 이해를 기대하고 말하지는 않았을 것이다. 아마 그 단어를 그날 학교에서 배웠던지, 아니면 주변이 너무 조용하니 무서운 생각이 들어 그냥 말해 봤는지도 모른다. 나도 그때는 은하수의 충격적인 장엄함과 아름다움을 보느라 그 말을 무심히 들어 넘겼다.

　그렇게 아름다운 은하수를 본 것은 결국 그때가 처음이자 마지막이었다. 그 이후로는 한 번도 그런 장관을 본 적이 없다. 언젠가 미국의 캘리포니아에서 차를 타고 산속을 가다가 마치 별들이 무수히 머리 위로 쏟아지는 듯한 경험을 한 적은 있지만, 어렸을 때 본 은하수에 비하면 아무것도 아니었다.

그날 이후 나는 밤하늘을 볼 때마다 그때 본 은하수를 떠올리고, 1100광년짜리 북극성을 찾는다. 1100년 전에 여행을 떠난 빛이 빛의 속도로 여행하여 마침내 오늘 나의 눈에 들어와 반짝이는 별로 보인다는 것은 암만 생각해도 너무나 경이롭다.

그래서 오늘같이 마음 상하고 답답한 일이 있으면 나는 또 밤하늘을 쳐다본다. 물론 은하수가 있을 리 없다. 그럼에도 불구하고 북극성을 찾는다.

1100년 전, 통일신라 시대 때 떠난 빛이 드디어 지구에 도착, 내 눈에 들어온다. 어느 화랑이 사랑하는 처녀를 그리며 쳐다보았을까, 또는 짚신 메고 산천을 떠돌던 나그네가 동서남북 찾으려고 쳐다보았을까. 그러나 물론 그 사람들은 지금 먼지 하나의 흔적도 없다.

끝없는 은하계 속의 지구는 한낱 미세한 점만도 못한데, 그 점 속에서 우리들은 마치 우주를 다 가진 듯 큰소리치고 잘난 척한다. 마치 실같이 가느다란 개미굴 속에 사는 개미 왕이 지구를 다 가졌다고 으스대는 꼴이다.

영겁의 시간 속에 비하면 우리 한평생 칠, 팔십 정도는 눈 깜짝할 순간이다. 좋은 마음으로 좋은 말만 하고 살아도 아까운 세월인데, 우리들은 타고난 재주로 이리저리 시간 쪼개어 미워할 시간, 시기할 시간, 불신할 시간, 아픔 줄 시간을 따로 마련하면서 산다.

지금 이 순간 저 별을 떠나는 빛은 앞으로 1100년 후, 그러니까 서기 3100년쯤, 지상에서 밤하늘을 쳐다보는 누군가의 눈과 만날 것이다. 그땐 또 어느 복제 인간이 복제된 자신의 운명을 한탄하며 저 별을 쳐다볼까, 아니면 사람과 똑같이 생각하는 로봇이 반란을 꿈꾸며 저 별을 쳐다볼까. 한 가지 확실한 것은, 그때 장영희는 티끌만큼도 흔적이 남아 있지 않다는 것이다.

내가 지금 존재하고 있는 이 짧은 시간, 이 하나의 점 같은 공간이 우주인 줄 알고, 도대체 왜 날 건드리냐고, 왜 날 못 잡아먹어 안달이냐고 조목조목 따지고 침 뱉고 돌아서려던 나의 개미 마음이 부끄럽다.

이해의 계절

사랑이 이우는 시간이 다가왔습니다.

우리들의 슬픈 영혼은 이제 지치고 피곤합니다.

헤어집시다. 정열의 시간이 우리를 잊기 전에

수그린 당신 이마에 입맞춤과 눈물을 남기고.

이 시는 이번 학기에 내가 가르치는 시인 W. B. 예이츠가 쓴 〈낙엽〉이라는 시의 귀결 부분이다. 수많은 시인들이 가을에 대해 썼지만 대부분 예이츠와 같이 이별, 우수, 이루지 못한 꿈, 죽음 등의 어두운 주제와 연결시키고 있다.

그렇지만 가을은 이처럼 슬프기 때문에 더욱 아름다운 계절이다. 그 어떤 화려하고 찬란한 색깔의 꽃이 가을 들판에서 남몰래 피었다 지는 작은 들국화의 깊고 은은한 아름다움에 비길 수 있을까. 생명력 넘치는 짙푸른 신록이 아무리 아름다운들 서서히 죽어 가는 잎들이 이루는 단풍의 신비한 색의 조화를 좇아갈 수 있을까. "죽음은 종말이 아니라 성숙의 결정結晶이다"라는 키츠의 말처럼 성숙은 어차피 아픔과 죽음을 수반하게 마련인지도 모른다.

가을에 관한 말 중 내게 가장 인상 깊은 말은 미국의 저널리스트 핼 볼랜드가 어느 수필에 쓴 "가을은 이해를 위한 계절이다Autumn is for understanding"라는 글귀이다. 그 수필의 제목이 무엇이었는지, 어떤 맥락에서 그 말이 나왔는지조차 기억나지 않지만 가을이 되면 으레 생각나는 구절 중 하나이다.

어째서 가을을 이해의 계절이라 했을까. 계절의 순환을 인생에 비유한다면 봄은 새로움에 대한 설렘과 희망의 시간이요, 여름은 삶에 한껏 부대끼며 죽도록 사랑하고 미워하며 지내는 치열한 대결의 시기이고, 가을은 지나간 나날을 뒤돌아보고 반추하며 드디어 진정한 삶의 의미를 이해하는 시기라는 뜻일까. 삶의 풍요로움과 가치는 행복하고 즐거운 시간뿐만 아니라 예기치 않은 고통과 뼈아픈 고뇌 속에도 존재한다는 것을 이해한다는 뜻일까. 아니면 언제나 바로 눈앞의 길모퉁이에서 자취를 감춰 버리는 삶을 좇다 지쳐 넘어져 결국 혼자 남는 허무함과 외로움을 이해한다는 뜻일까.

문득 내다본 창밖의 파란 하늘 모서리와 노란 화관을 쓰기 시작한 은행나무가 가을이, 바로 그 '이해의 계절'이 어느새 바로 곁에 와 있다는 것을 알려 준다.

화창하기 짝이 없는 초가을 날, 오늘은 바로 나의 마흔세 번째 생일이기도 하다. 힘겨웠지만 아름다웠던 내 삶의 봄과 여름을 보내고, 이제는 '사랑이 이우는' 이별의 준비를 시작해야 할 때인지도 모른다.

사랑하는 사람들을 떠나보내는 이별, 내 스스로 떠나는 이별, 추억과의 이별, 아름다움과의 이별, 가능성과의 이별, 희망과의 이별.

아, 그러고 보니 어쩌면 '이해의 계절'은 이별에 관한 것인지도 모른다. 이별의 불가피성과 아픔을 이해하고 준비하는 시기라는 뜻인지도 모른다.

그러나 나는 여전히 슬프지만 편안한 이별을 준비하기보다는 아프지만 화려한 만남이 그리운 철부지이다. 의연하게 큰마음으로 이별을 이해하기보다는 여전히 가슴 졸이는 기대와 실망에 하루에도 몇 번씩 울고 웃고, 터무니없이 미세한 자극에도 무섭고 힘든 감정의 소용돌이를 타는 어리석은 존재가 바로 나다.

이우는 사랑에 가슴 아파하고 뒤돌아서기보다는 새로운 사랑의 가능성을 꿈꾸는 바보 같은 이가 나다. 누군가 예이츠처럼 "헤어집시다. 정열의 시간이 우리를 잊기 전에……"라고 말하는 사람이 있다면 제발 가지 말라고 붙잡고 늘어지고 싶은 치사한 성격의 소유자가 나다.

나이에 걸맞지 않게 아직도 이별의 계절 가을을 이해 못 하고, 지금도 저 찬란하고 투명한 가을 햇빛 속에 반짝이는 코스모스의 유혹을 못 이겨 불현듯 책상에 쌓인 일거리를 뒤에 두고 답답한 연구실을 뛰쳐나가고 싶은, 그래서 또 한편으로는 재미있는 나다.

사랑합니다

내가 자주 가는 출판사 건물의 엘리베이터 안에는 항상 '금주의 명언'이 붙어 있다. 이번 주에는 "내일 죽는다 해도 나는 오늘 한 그루의 사과나무를 심겠다"는 말이 씌어 있었다.

영어 회화 시간에 구두시험 주제로 무엇을 정할까 생각하다가 그 구절을 떠올리고 학생들에게 '만약 내일 죽어야 한다면 오늘 무엇을 하겠는가?'라는 질문을 주었다.

'내일 죽어야 한다면…….' 좀 황당한 질문이었지만, 학생들은 특유의 영특함과 순발력으로 재미있고 기발한 대답들을 했다.

"설악산에 올라가 이 세상이 얼마나 아름다운 곳이었는지 마음속으로 사진을 많이 찍어 갖고 가겠습니다."

"천상의 가장 행복한 하루는 지상의 가장 평범한 하루와 같다고 들었습니다. 평범한 하루의 일상사가 얼마나 소중한 것들이었는지 음미하며 남은 하루나마 열심히 살겠습니다."

"죽어서 총각 귀신이 되지 않게 오늘 여자 친구와 결혼하겠습니다."

"돈 꿔 준 사람들한테 빨리 빚 갚으라고 독촉하겠습니다."

그때 한 여학생이 말했다.

"오늘이 가기 전에 내가 사랑하는 모든 사람들에게 꼭 '사랑해요'라는 말을 하겠습니다."

문득 그 여학생의 말이 가슴에 와닿았다. '사랑해요.' 아, 얼마나 아름다운 말인가. 그러나 또 얼마나 하기 어려운 말인가. 날 사랑해 주고 내가 사랑하는 사람들에게 둘러싸여 살면서도 나는 이제껏 한 번도 그 누구에겐가 '사랑합니다'라는 말을 입밖에 내 본 적이 없다.

'사랑하다'와 '살다'라는 동사는 어원을 좇아 올라가면 결국 같은 말에서 유래한다고 한다. 영어에서도 '살다live'와 '사랑하다love'는 철자 하나 차이일 뿐이다. 살아가는 일은 어쩌면 사랑하는 일의 연속인지도 모른다. 신을 사랑하고, 인간을 사랑하고, 나라를 사랑하고, 장미, 괴테, 모차르트, 커피를 사랑하고……. 우리들은 사랑하기 때문에 끝없이 아파하고 눈물 흘리기 일쑤지만, 살아가는 일에서 사랑하는 일을 뺀다면 삶은 허망한 그림자 쇼에 불과할 것이다.

17세기 영국 시인 존 던John Donne은 "나는 두 가지 면에서 바보이다. 사랑하기 때문에, 그리고 사랑한다고 말을 하기 때문에"라고 말했다. 어쩔 수 없는 바보—사랑할 수밖에 없는 바보, 그리고 사랑한다고 말하는 바보—가 될 용기가 없는 나는 글로나마 바보 연습을 해 보려고 한다.

"사랑해요, 나의 부모님. 사랑해요, 나의 형제들. 사랑하는 나의 친구들, 나의 학생들. 그리고 사랑합니다, 여러분."

2.
막다른 골목

어느 거지의 변

오늘까지 끝내야 할 논문이 있어 지난 며칠간 잠을 설쳤다. 아침에 일어나 화장을 하는데 마치 쇠가죽에 수채화 그리듯 제대로 먹질 않는다. 허겁지겁 밥을 먹으며 1교시 영작 시간 수업 준비를 하다가 책에서 재미있는 질문을 발견했다.

"어느 부자가 공원을 산책하다가 벤치에서 웅크린 채 자고 있는 거지를 발견했다. 부자는 거지의 소원이 무엇인지 궁금했다. 그래서 거지에게 소원을 묻자, 거지는 단 하룻밤만이라도 따뜻한 잠자리에서 자 보는 것이라고 했다. 부자는 그날부터 거지가 최고급 호텔에서 잘 수 있도록 해 주었다. 그러나 다음 날 부자가 호텔에 가 보니 거지는 다시 공원의 벤치로 돌아가고 없었다. 왜 돌아왔느냐고 묻는 부자에게 거지가 무엇이라고 대답했겠는가?"

수업에 들어가 이 질문을 하자 학생들은 제각각 기발하고 재치 있는 대답들을 했다. "자리가 바뀌어 잠을 잘 수 없었다", "부자의 호기심의 대상이 되어서 자존심이 매우 상했다", "편한 데서 자 보니 더 이상 꿈이 없어졌다", "차라리 돈으로 달라" 등등……. 그런데 갑자기 민식이가 큰 소리로 말했다.

"한번 거지는 영원한 거지다!Once a beggar, always a beggar!"

학생들은 와르르 웃음을 터뜨렸다. 우리말 식으로 영어를 한다 하여 별명도 '미스터 콩글리시'인 민식이가 이번에는 완벽한 영어로 한 대답. "한번 거지는 영원한 거지이다." 참으로 실소를 금할 수 없는 대답이다. 하지만 꽤 그럴듯한 메시지가 숨어 있는 말이기도 하다. 타고난 운명은 거역할 수 없고, 어쩔 수 없이 순응해야 한다는 운명 철학을 담고 있는 명언이 아닌가.

'거지'라는 말을 들을 때마다 나는 이 단어가 연상시키는 불결함, 남루함, 슬픔, 고독, 절망 등과 함께 오래전 어떤 기억을 떠올리게 된다.

1984년의 어느 무더운 여름날, 유학 중에 여름 방학이라 잠시 집에 돌아와 있던 나는 윈도쇼핑이나 하자면서 잡아끄는 동생을 따라 명동 주변으로 갔다.

　　달리 입을 것이 없었던 나는 군데군데 거의 올이 보일 정도의 낡은 청바지에 내 몸이 둘은 들어갈 정도의 넉넉한 티셔츠를 입고 있었다. 당시만 해도 옷을 선택할 때 나의 기준은 철저하게 두 가지—디자인은 편한 것, 색깔은 세탁을 자주 할 필요 없는 것—였다. 사실 선택이고 뭐고 할 것도 없는 것이, 사계절용 청바지 하나에 티셔츠 몇 개면 족한 생활이었으므로 옷을 살 필요도, 또 사고 싶은 마음도 없었다.

　　생전 처음 명동에 간 나는 양장점과 구두 가게들이 즐비한 거리를 외계인처럼 두리번거리며 걷고 있었다. 그런데 갑자기 동생이 어떤 진열장에 걸려 있는 흰색 원피스를 가리키며 입어보겠다고 했다. 마침 그 가게 앞에는 내가 올라갈 수 없을 정도로 너무 높은 문턱이 있어서, 나는 그냥 밖에서 기다리기로 했다. 문밖에 서서 안쪽을 들여다보니, 아주 아름다운 중년 여인이 만면에 미소를 띠며 동생을 반겼다.

　　그런데 동생을 탈의실로 안내한 후 무심히 돌아서던 그녀가 문에 기대서서 안을 들여다보고 있는 나를 보고는 흠칫 놀라는

것이었다. 그녀의 아름다운 얼굴이 갑자기 일그러지면서 내뱉
듯이 말했다.

"나중에 와요. 손님 있는 거 안 보여요?"

그제나 이제나 눈치 없기로 소문난 나는 영문도 모른 채 그
저 눈만 멀뚱멀뚱 뜨고 있었다. 그러자 그녀가 이번에는 한 옥
타브 더 높은 목소리로 소리쳤다.

"나중에 오라는 말 안 들려요? 지금은 동전이 없다구요!"

순간 그 소리를 들은 동생이 옷을 입다 말고 탈의실 문을 박
차고 나왔다.

"뭐라고 그랬어요, 지금. 우리 언니를 뭘로 보는 거냐구요!"

나는 그제야 주인 여자가 나를 가게 앞에서 구걸하는 거지로
착각했다는 것을 깨달았다.

"사람을 어떻게 보고 하는 소리예요? 우리 언니는 박사예요,
박사. 일류 대학을 나오고, 글도 쓰고 책도 내는……."

길다란 흰색 원피스를 한쪽 어깨만 걸친 동생은 마치 그리스
신화에 나오는 분노의 여신 같았다. 주인 여자는,

"목발을 짚으신 데다 입성까지 그러셔서" 하며 아주 공손하
고 겸연쩍게 사과했지만, 못내 억울한 표정이었다.

사실 따지고 보면 그녀의 입장에서 충분히 그럴 수 있는 일

이었다. 신체장애는 곧 가난, 고립, 절망, 무지라는 등식이 성립되는 사회에서, 그것도 유행의 최첨단을 걷는 거리에서 구멍 난 청바지에 낡은 티셔츠를 걸친 것만 해도 뭣한데, 결정적으로 목발까지 짚고 서 있었으니 거지의 모든 필요조건을 다 갖춘 셈이 아닌가.

어쨌거나 여름날의 그 경험은 나의 생활 패턴을 바꿔 놓았다.

학위를 마치고 귀국한 바로 다음 날부터 나는 청바지를 벗어 버리고 정장을 했다. 옷을 선택할 때는 실용성보다는 문자 그대로 '거지처럼 보이지 않는' 데 기준을 둔다. 로션 하나 안 바르던 얼굴에 화장도 한다. 학생들 말마따나 호박에 줄 긋는다고 수박이 되는 것은 아니지만 나름대로 거지로 보일 확률을 줄이고자 하는 시도이다.

이렇게 시간과 돈을 낭비하는 것을 나는 사명으로 생각한다. 아니, 더 나아가 희생이라고까지 생각한다. 어차피 목발을 두고 다닐 수는 없는 일이므로, 순전히 나를 선생님이라고 부르는 학생들의 체면을 위해 그리고 내가 몸담고 있는 학교의 명예를 생각해 그래도 동전 구걸하는 거지로는 보이지 말아야겠기 때문이다.

그래서 나는 매일 아침 피같이 아까운 시간 10분을 들여 열심히 분 바르고 립스틱을 칠한다.

  'Once a beggar, always a beggar'인 것도 잊은 채…….

A⁺ 마음

학기 말이 다가올 때마다 선생으로서 겪어야 하는 고민 중 하나가 학생들에게 학점을 주어야 한다는 것이다. 어차피 학생들 실력이라는 것이 도토리 키 재기인 데다가, 문학적·언어적 소양을 몇 등급의 우열로 나눈다는 것 자체가 참으로 어려운 일이다.

게다가 쓸데없는 상상력만 풍부한 나인지라 학교에서 주는 비율대로 학점을 계산할 때마다 간혹 A나 B, B나 C의 경계선 상에 있는 학생들을 두고 많은 고민을 한다.

A학점을 주기에는 총점이 2점 모자라지만 착하고 노력을 많

이 하는 학생인데, 혹시 이 학생이 '청년 가장'은 아닐까? 아버지가 IMF로 인해 실직하고 어머니는 병들어 누워 있어 집안의 생계를 책임지고 있다면? 내가 주는 학점 때문에 간발의 차이로 장학금을 받지 못한다면? 그래서 다음 학기 등록을 못 한다면? 상상에 상상을 거듭하다 보면 끝내 결정을 내리지 못하고 시간을 질질 끄는 경우가 많다.

그나마 문학 과목에서는 소설책을 제대로 읽었는가, 페이퍼를 논리 있게 잘 썼는가 등의 어느 정도 객관적인 평가 기준이 있지만, 회화 과목은 그렇지 못하다.

그래서 나는 가끔 학생들의 발음을 교정하고 또 점수를 줄 기준을 확보하기 위해 학기 초에 학생들이 자주 범하는 발음 오류 몇 개를 지적하고 학기 말까지 제대로 발음하지 못하면 점수를 많이 깎고, 아무리 필기시험을 잘 봐도 A를 주지 않겠다고 으름장을 놓는다. 요새는 대부분의 학생들이 영어를 유창하게 하지만, 그래도 p/f, r/l, see/she 등의 발음은 여전히 어려워한다. 학기 내내 연습시키면 어느 정도 교정되는 학생들이 있는가 하면, 워낙 고질적 버릇이라 고쳐지지 않는 학생들도 있다.

이번 학기에 내 수업을 들은 병진이는 후자에 속해서, 본인이 무척 노력함에도 불구하고 발음 교정이 쉽지 않았다. 워낙 성실하고 똑똑한 학생인지라 필기시험에서는 항상 좋은 성적을 냈지만, 중학교 때부터 잘못 배운 발음을 이제 와서 고친다는 것은 좀 힘들어 보였다.

학기말 성적에서 가장 큰 비중을 차지하는 필기시험도 썩 잘 봐서 수강생 중 2등을 했지만, 구두시험에서는 p와 f를 완전히 반대로 발음하는 바람에 거의 알아듣기 힘들 정도였다.

그래서 어제 병진이의 성적을 매기며 B$^+$와 A$^-$ 사이를 왔다 갔다 망설이다가 마침내 포기하고 성적 기록부를 연구실 책상 위에 두고 나왔다.

내가 병진이의 점수를 확정한 것은 다음 날 아침 출근길, 신촌 로터리에서였다. 대형 백화점 앞 횡단보도 근처에서 신호등이 바뀌길 기다리다가, 차창 밖으로 한 노인을 보게 되었다. 어림잡아도 여든은 되어 보이는, 몸집이 아주 작고 깡마른 그 노인은 추운 겨울 날씨에도 불구하고 지하철역 입구에서 골판지 조각 위에 웅크리고 앉아 나무 부채 몇 개와 여자용 스카프를 팔고 있었다.

부채와 스카프, 겨울 품목으로는 이상한 선택이었지만, 아마도 노인의 앙상하고 쇠약한 몸으로 운반할 수 있는 물건들은 그것뿐이었는지 모른다. 지하철역 입구에서는 많은 사람들이 나오고 있었지만 누구 하나 노인에게 눈길을 주는 이가 없었다.

노인도 팔겠다는 의지를 잃은 듯, 추위에 몸을 동그랗게 구부린 채 멍하니 지나는 사람들의 발만 보고 있었다.

그러나 나는 곧 한 젊은이의 시선이 노인에게 계속 쏠리고 있다는 것을 알았다. 바로 병진이였다. 병진이는 무언가 골똘히 생각하며 노인을 쳐다보고 있었다.

그러다가 다른 사람들이 길을 건너기 시작하자, 잠깐 망설이는 듯하더니 이내 몸을 돌려 노인에게 다가갔다. 그러고는 물건들을 잠깐 살펴보다가 부채 두 개를 집어 들었다. 병진이를 쳐다보는 노인의 눈에 갑자기 생기가 돌며 얼굴에 미소가 흘렀다.

만난 지 겨우 한 학기밖에 안 됐지만 병진이를 알고 있는 나는 그가 한겨울에 부채가 필요해서가 아니라 추위에 떨고 있는 그 노인이 불쌍해서, 차마 그냥 갈 수가 없어 부채를 샀다는 것을 안다.

학교에 도착해 책상 앞에 앉았을 때 나는 어제 빈칸으로 남기고 간 병진이의 성적란을 메울 준비가 되어 있었다. 조금도 망설임 없이 나는 A라고 선명하게 써 넣었다.

까짓, 영어의 p와 f 발음쯤 좀 혼동하면 어떤가. 영어는 기껏해야 지구상의 3분의 1 정도 인구가 알아듣는 말이지만, 불쌍한 노인을 보고 측은하게 느끼고 도와주는 마음, 남을 배려하는 마음이야말로 A⁺ 마음 아닌가. 그 마음은 이 지구상의 모든 인간들이—아프리카의 피그미족도, 북극의 에스키모족도— 알아듣는 만국 공통어이다.

한마디 입 밖에 내지 않아도 마음에서 마음으로 전달되는 아주 효율적인 말이고, 학원이나 대학에 가지 않고도 우리가 태어날 때부터 잘 알고 있는 언어이다.

누가 학문적인 자질 외의 다른 근거로 병진이에게 좋은 점수를 주었다고 비난한다면 나는 할 말이 없다. 그러나 내가 가르친 적이 없는, 아니 가르칠 자격이 없는 만국 공통어를 그렇게 능숙하게 구사한 병진이에게 A보다 더 좋은 학점이 있다면 그 거라도 주고 싶은 심정이다.

영어 발음 제대로 하는 A⁺ 지성을 가르치는 것도 중요하지만, 보다 더 편리하고 효율적인 언어, A⁺ 마음도 가르쳐야 하는 것이 선생의 본분일 텐데, 병진이는 선생인 나보다 훨씬 더 뛰어난 실력을 갖추고 있지 않은가.

벌써 12월, 이제 곧 성탄절이 온다. 병진이의 본을 따라 나도 오랫동안 잊고 있던 만국 공통어를 되살려야겠다.

나와 남

아주 옛날, 대장장이 프로메테우스가 인간을 빚으면서, 각자의 목에 두 개의 보따리를 매달아 놓았다고 한다. 보따리 하나는 다른 사람들의 결점으로 가득 채워 앞쪽에, 또 다른 보따리는 자신들의 결점으로 가득 채워 등 뒤에 달아 놓았다고 한다.

그래서 사람들은 앞에 매달린 다른 사람의 결점들은 잘도 보고 시시콜콜 이리 뒤지고 저리 꼬투리 잡지만, 뒤에 매달린 보따리 속의 자기 결점은 전혀 볼 수 없게 되었다고 한다.

따지고 보면 아무리 평판 좋고 훌륭한 사람일지라도 마음만 먹으면 비난거리는 얼마든지 찾아낼 수 있다. 인간 성향이라는 게 모두 양면적이라서 마음먹기에 따라 얼마든지 서로 상반되는 해석이 가능하기 때문이다. 아주 겸손하고 나서기 꺼려 하는 사람은 카리스마가 부족하고 자신감이 없다고 비난하고, 반대로 박력 있고 당당한 사람은 겸손하지 못하고 되바라졌다고 욕한다.

그런가 하면 쾌활하고 잘 웃으면 사람이 가볍고 진중하지 못하다고 욕하고, 잘 웃지 않고 진중하면 괜히 무게 잡는다고 욕한다. 상냥하고 사근사근하면 내숭 떨고 여우 같다고 욕하고, 상냥하지 못하면 뻣뻣하고 여자답지 못하다고 욕한다. 너그럽고 많이 베푸는 사람에겐 잘난 척하고 우월감을 갖고 있다고 비난하고, 잘 베풀지 않는 사람은 또 구두쇠이고 편협하다고 욕한다. 신앙심이 깊은 사람은 위선적이고 혼자 거룩한 척한다고 욕하고, 신앙심이 없으면 믿지 않는 사람은 별수 없다고 손가락질한다.

처음으로 영문학 과목을 듣는 1학년 학생들에게 문학 작품 분석법을 가르칠 때 나는 '역할 바꾸기'를 역설한다. 이번 학기 영문학 개론 시간에는 학생들에게 윌리엄 포크너의 〈에밀리에게 장미를A Rose for Emily〉이라는 작품을 읽혔다.

남부 귀족 가문의 마지막 혈통인 에밀리 그리어슨은 빠르게 변하는 현대의 도시 속에서 완전히 고립된 삶을 산다. 그러다가 북부에서 온 진보주의 십장 호머 배런이라는 남자와 사랑에 빠지고, 떠나려는 그를 붙잡기 위해 극약을 먹여 살해하고는 죽을 때까지 그 시체와 40년을 동침한다는, 아주 그로테스크한 이야기이다.

작품 분석을 하면서 에밀리의 성격을 이야기하라고 하면 학생들은 보통 "그 여자는 사이코예요. 미친 여자니까 그런 행동을 하지, 정상적인 사람이라면 그런 행동을 할 수 없지요"라고 한다.

그렇게 말하면 토론이고 분석이고 아무것도 할 수가 없다. 어떤 작품에서 작중 인물이 그저 '남'이고 그의 행위는 괴팍스러운 성향을 가진 '남'의 일이라고 단정해 버리면, '나'와 '남' 사이에 공존하는 인간의 보편적 성향을 공부하는 문학은 애당초 의미를 잃는다. 학생들 말마따나 에밀리의 경우는 단지 하나의 정신병 사례가 되어 버리는 것이다.

그럴 때 '역할 바꾸기'를 통해 스스로 에밀리가 되어 보라고 하면, 학생들의 관점은 달라진다. "에밀리도 가문의 전통을 지키는 귀족이기 이전에 사랑하고 싶고 사랑받고 싶은 하나의 인간이지요"라든가 "에밀리는 어렸을 때 아버지에게 과잉보호를 받으며 자랐고, 바깥세상을 경험할 기회가 없었습니다"라든가 "에밀리의 고립된 삶은 지독한 자기와의 투쟁이었고, 그래서 포크너가 장미를 바치는 거지요"라는 등 에밀리의 입장을 변호하면서 꽤 그럴듯하게 비평적 접근을 한다.

'남'이기 때문에 안 되고 '나'이기 때문에 괜찮다는 논리는 어쩌면 인간의 본능인지도 모른다. 많은 학생들 앞에서 강의할 때 나는 가끔 엉뚱한 생각을 한다. 누구나 다 똑같이 얼굴에 눈 두 개, 코 한 개, 입 한 개가 있다.

그런데 어쩌면 그렇게 똑같은 조합으로 50명이면 50명, 100명이면 100명의 얼굴이 다 제각각 다를 수 있는가. 100명은 고사하고, 그 똑같은 조합으로 크로마뇽인 이후 완벽하게 두 얼굴이 정확하게 똑같이 겹치는 예는 없었으리라.

그런데 두뇌 과학자들에 의하면 우리의 속 모습은 겉모습보다 더 차이가 난다고 한다. 얼핏 보기에는 똑같이 큰골 작은골로 이루어져 있고 생김새도 비슷하게 보이지만, 두뇌마다 제각각 조금씩 찌그러진 정도나 굴곡, 주름 잡힌 정도가 달라서, 절대로 두 개의 두뇌가 완벽하게 같을 수 없다는 것이다. 즉 사람마다 살아가면서 제각각 다른 경험을 하고, 그 경험에 따라 갖는 느낌, 기억, 생각이 두뇌에 작은 선이나 주름을 하나씩 만들기 때문에, 억만 년이 지나도 똑같은 두뇌가 있을 수 없다는 말이다.

비슷하면서도 다르고, 다르면서도 또 비슷한 우리들. 앞뒤로 보따리 하나씩 메고 돌아다니면서 열심히 앞 보따리를 뒤적거려 보지만, 결국은 앞 보따리나 뒤 보따리나 속에 들어 있는 건 매한가지이다. 이렇게 보면 장점이 저렇게 보면 단점이고, 저렇게 보면 단점이 이렇게 보면 장점이다. 결국 장단점이 따로 없지만, 어차피 세상을 판단하는 기준은 자기 자신이다.

그런데 제각각 나에게 맞는 도수의 안경을 끼고 다른 사람을 보니, 이리저리 찌그러지고 희미하고 탐탁잖게 보이는 것은 당연하다. 그러니 서로 다른 안경을 끼고 서로 손가락질하며 못생겼다고 흉보며 사는 세상이 항상 시끄러운 것도 당연하다.

가끔 누군가 내게 행한 일이 너무나 말도 안 되고 화가 나서 견딜 수 없을 때가 있다. 며칠 동안 가슴앓이하고 잠 못 자고 하다가도 문득 '만약 내가 그 사람 입장이었다면 나라도 그럴 수 있었을지 모르겠다'는 생각이 들 때가 있다. 그러면 꼭 이해하는 마음이 아니더라도 '오죽하면 그랬을까' 하는 동정심이 생기는 것이다.

물론 그러지 않았더라면 좋았겠지만, 그리고 그 대상이 나였다는 것이 너무나 억울하고 마음 아프지만, 그래도 마음의 응어리가 조금씩 풀어지면서 '까짓것, 그냥 용서해 버리자'는 마음이 생길 때가 있다. '남'의 마음을 '나'의 마음으로 헤아릴 때 생기는 기적이다.

한 유행가 가사에서 '남'에서 점을 하나 빼면 '님'이 된다고 했다. 아닌 게 아니라 인간관계는 여섯 살짜리 조카가 갖고 노는 자석 글자판의 글자 놀이와 같은 건지도 모른다. '남'에서 받침을 하나 빼면 '나'가 된다. 점 하나 옮기면 '너'가 된다. '남'의 받침과 획을 잘못 갖다 붙이면 '놈'이 된다.

사람 사는 게 엎어치나 뒤치나 마찬가지고, '나' '너' '남' '놈'도 따지고 보면 다 그저 받침 하나, 점 하나 차이일 뿐이다. 그런데도 왜 우리는 악착같이 '나'와 '남' 사이에 깊은 골을 파 놓고 그렇게 힘겹게 살아가는지 모르겠다.

연애편지

지난주 과에서 발행하는 잡지에 나에 대한 기사를 싣겠다고 인터뷰를 하러 온 학생 기자가 재미있는 질문을 했다.

"교수님은 대학교 다닐 때 연애편지를 받아 보시거나 써 보신 적이 있으십니까?"

예기치 않은 질문에 내심 당황했다. 그래서 대학교 때는 써 보지 못했지만 오히려 지금은 자주 쓴다, 학생들이 내게 보내는 편지에 '사랑하는 선생님'이라고 써 주고 나도 군대 가거나 유학 간 학생들에게 편지 쓸 때 '사랑하는 ○○○에게'라고 시작하는데, 그게 연애편지가 아니고 뭐냐고 얼버무렸다.

그런데 그 질문이 당혹스러웠던 것은 내 대답이 궁해서이기도 했지만, 질문을 던진 기자의 발상 자체가 재미있었기 때문이다. 요새 젊은이치고 연애편지를 쓰기는커녕 그 단어 자체를 입에 올리는 학생을 못 봤기 때문이다.

요즘처럼 신속한 통신 수단이 발달해 있는 때에, 휴대폰 한 통 걸거나 지하철 한 번만 타면 보고 싶은 사람의 코앞에 갈 수 있는데, 누가 구태여 많은 시간과 노력을 들여 편지를 쓰고 답장을 기다리며 하염없이 우체통 앞에서 서성이겠는가.

연애편지…….

물론 학생들이 '사랑하는 선생님'이라고 정답게 써 보내오니 그것도 분명 '연애편지'라고 우기긴 했지만, 그건 안타깝게도 이 세상에 태어나 딱히 '연애편지'라고 이름 붙일 만한 것을 한 번도 받아 보지도, 써 보지도 못한 사람의 자위일 따름이다.

진정한 연애편지는 역시 사랑과 낭만에 듬뿍 젖은 두 남녀가 서로를 열망하며 온 마음 다 쏟아부어 정성스럽게 쓰는 글이라야 제격이다.

마침 오늘 오후 내가 강의하는 2학년 영문학 작문 시간의 주제가 문학 작품이 갖는 톤tone, 즉 분위기나 '목소리'였는데 교과서에 '사랑의 톤'의 예로 짤막한 사랑 고백의 글이 나왔다.

내친김에 나는 학생들에게 실제로 있거나 아니면 상상 속에 그리는 남자 친구나 여자 친구에게 연애편지를 써 보라고 했다. 학생들은 웬 연애편지냐고, 한 번도 써 본 일이 없다고 응석 부리듯 투덜댔다.

그러나 그들이 로맨틱한 기분에 빠지도록 녹음기로 조용한 음악을 틀어 주자 그들의 여린 마음들은 금세 소중한 사람들에게 달려가는 것을 알 수 있었다.

쉬는 시간에 학생들의 편지를 대충 훑어보았다. 내키지 않으면 이름을 적지 말라고 했지만, 모든 편지에 보내는 이와 받는 이의 이름이 적혀 있었다. 영어로 쓴 편지지만 몇 개를 발췌 번역하여 소개해 본다.

나는 밤낮으로 당신을 생각합니다. 거리를 걸으면 사람들 사이에서 당신 모습이 보입니다. 책을 읽을 때는 페이지를 넘길 때마다 당신의 얼굴이 있습니다. 오늘 아침엔 길을 가다 돌부리에 걸려 넘어졌는데, 가로수에서 떨어진 노란 은행잎 속에서 당신의 얼굴을 보았습니다.

사랑하는 당신. 어젯밤 다시 전화했지만 당신은 집에 없었습니다. 사흘이나 당신의 웃는 모습을 보지 못했고, 이틀이 지나도록 당신의 달콤한 목소리를 듣지 못했습니다. 이제는 당신이 나를 사랑하지 않을까 봐 두렵습니다. 내 가슴속에 고통을 느낍니다.

당신과 함께 별을 바라보았던 그 여름날을 기억합니다. 결코 떠나지 않겠다고 약속했으면서도 당신은 약속을 어겼습니다. 오늘도 밤하늘을 보면 차가운 별들이 당신의 차가운 마음 같아 보입니다.

재미있는 것은 이 편지들에는 학생들이 어려운 문학 작품을 분석할 때 자주 범하는 오류, 즉 장황하게 길고 현학적이고 또 문법적으로 틀린 문장들이 거의 없다는 것이다. 아니, 그 편지에 담긴 순수하고 깨끗한 감정, 그리고 아름다운 사랑의 '톤'은 다음과 같은 위인이나 위대한 작가들의 연애편지에 견주어도 결코 뒤지지 않는다.

나는 단 하루도 당신을 사랑하지 않은 적이 없습니다. 단 하룻밤도 당신을 포옹하지 않고 잠든 적이 없습니다. 군대의 선두에서 지휘할 때에도, 중대를 사열하고 있을 때에도, 내 사랑 조제핀은 내 가슴속에 홀로 서서 내 생각을 독차지하고 내 마음을 채우고 있습니다.

(나폴레옹이 조제핀에게, 1788년)

　난 열한 시 삼십 분에 들어왔습니다. 그러고는 줄곧 바보처럼 안락의자에 멍하니 앉아 있었습니다. 아무것도 할 수 없었습니다. 당신의 목소리밖에는 들리지 않습니다. 나는 언제나 당신이 '사랑하는 당신'이라고 부르는 소리를 듣고 있는 바보입니다. 나는 오늘 두 사람에게나 말도 하지 않고 냉정하게 굴어서 그들의 기분을 언짢게 만들었습니다. 그들의 목소리가 아닌 당신의 목소리를 듣고 싶기 때문입니다.

(제임스 조이스가 노라 바너클에게, 1904년)

　사랑하는 당신. 나에게 운율을 만드는 재주가 있었으면 합니다. 당신과 사랑에 빠진 이후 내 머리와 가슴속에는 언제나 시詩가 있습니다. 아니, 당신이 바로 시입니다. 당신은 자연이 부르는 달콤하고 소박하고 즐거운 노래와 같습니다.

(너새니얼 호손이 소피아 피바디에게, 1839년경)

　사랑하는 당신이여, 내가 무엇을 잘못했기에 이토록 나를 괴롭히

십니까? 오늘도 편지가 없군요. 첫 번째 들어오는 우편에도 두 번째 우편에도 말입니다. 이토록 나의 마음을 아프게 하시다뇨! 당신이 보내는 단 한 글자라도 보면 내 마음은 행복해질 텐데요! 당신은 내가 싫증이 난 것입니다. 그 외에 다른 이유를 생각해 낼 수가 없군요.

(프란츠 카프카가 펠리체 바우어에게, 1912년)

눈과 서리 사이에서 꽃 한 송이가 반짝입니다. 마치 내 사랑이 삶의 얼음과 악천후 속에서 빛나듯이. 어쩌면 오늘 가게 될지도 모르겠습니다. 난 잘 있고, 마음도 편안합니다. 그리고 어제보다 오늘, 오늘보다 내일 당신을 더 사랑합니다.

(요한 볼프강 폰 괴테가 샤를로테 폰 슈타인에게, 1780년경)

아무리 봐도 내용이 좀 유치할 정도로 상투적이고 단순해서, 복잡하고 난해한 작품으로 정평이 나 있는 작가들에 의해 쓰였다고는 믿어지지 않는 편지들이다. 인용 뒤에 있는 제임스 조이스, 카프카, 괴테 등 귀에 익은 이름들을 빼고 보면 사실 학생들의 편지들과 구별이 힘들 정도이다. 물론 작가들이 들으면 무덤 속에서 발끈할 일이지만, 그들의 문체도 학생들이 쓴 편지와 별반 다르게 느껴지지 않는다.

그건 아마 사랑 자체가 아주 순수하고 단순한 감정이기 때문일 것이다. 불후의 명작을 남긴 서양의 대문호이든, 그 작가를 공부하느라 밤새우는 한국의 대학생이든, 늙었든 젊든, 부자든 가난하든, 사람이면 누구나 느끼는 본능이고, 이러한 본능은 군더더기 없이 꾸밈없고 진실된 문체여야 제대로 전달될 수 있는지도 모른다.

어려운 철학적 사고와 난해한 문장으로 알려져 있는 이 작가들이 우리에게 더욱 친근하고 인간적인 모습으로 다가오는 것도 이런 편지가 있기 때문일 것이다. 그래서 그런지 괴테 같은 작가는 연애편지 찬양론자로서, 편지란 "가장 아름답고 가장 가까운 삶의 숨결The most beautiful, the most immediate breath of life"이라고 했는가 하면, 17세기 영국 시인 존 던은 "편지는 키스보다 더 강하게 두 영혼을 결합해 준다More than kisses, letters mingle souls"고 말했다.

무엇이든 느린 것을 못 참는 요즘 학생들은 이상한 암호 같은 문자 메시지로 휴대폰의 작은 스크린에 사랑을 표시하지만, 그 큰마음을 어떻게 그렇게 옹색한 공간에 담을 수 있는지 알다가도 모를 노릇이다. 그리고 사랑과 같이 순수하고 깨끗하고 부드러운 감정을 표현하는 데 복잡하고 딱딱한 기계는 어쩐지 어울리지 않는다. '삶의 숨결'이 꽉 막힐 것 같다.

누군가 말했듯이 "손은 마음의 대행자", 못 쓰는 글씨라도 직접 펜을 들고 흰 종이 위에 그 사람의 얼굴을 떠올리며 한 자한 자 정성 들여 쓰고, 쓰다가 마음에 안 들면 다시 또 쓰고, 다쓰고 나서도 몇 번씩 읽어 보고. 그러고 나서야 제일 예쁜 봉투에 넣어 살짝 침 발라 봉해서 빨간 우체통에 집어넣기까지.

이렇게 마음이 담겨 있는 연애편지를 쓴다는 것은 사실 번거롭고 복잡한 일이다. 지금처럼 빛의 속도로 돌아가는 통신 시대에 이 방법은 좀 바보스럽게까지 느껴진다.

하지만 원래 사랑하는 마음 자체가 어리숙하고 바보스럽지 않은가. 빨리 내 마음에 들어오라고 해서 때맞춰 얼른 들어오고, 이제 됐으니 나가 달라고 하면 영악하고 신속하게 나가 주는 게 아니다. 느릿느릿 들어와 어느덧 마음 한가운데 떡하니 버티고 앉아 눈치 없이 아무 때나 불쑥불쑥 튀어나오고, 힘들고 거추장스러우니 제발 나가 달라고 부탁해도 바보같이 못 알아듣고 꿈쩍도 않는다.

오늘같이 추적추적 비 내리는 가을밤은 '사랑하는 당신에게'로 시작하는 편지로 바보 같은 마음을 전하기에 안성맞춤인 시간인 것 같다.

선생님도 늙으셨네요

또다시 숨 가빴던 한 학기가 끝났다. 안도의 한숨과 함께 지난 학기에 사용했던 수업 자료들에 '2000년 1학기'라는 꼬리표를 붙여 파일 박스 안에 집어넣다가 문득 손이 멈췄다.

파일 박스 속에는 '1985년 1학기'라는 꼬리표를 시작으로 85-2, 86-1, 87, 88…… 1999-2에 이르기까지, 어김없이 한 해 두 개씩 서른 개의 폴더가 차곡차곡 꽂혀 있었다.

어느 수필에서 피천득 씨는 새색시가 시집와서 김장 서른 번 담그면 할머니가 된다고 하더니, 귀국하고 젊은 여선생으로 강단에 선 지 15년. 학기가 끝날 때마다 무심코 집어넣은 폴더들이 어느덧 흘러간 세월을 증명하고, 이제는 더 이상 들어갈 자리가 없을 정도로 빼곡히 쌓인 분량이 마치 내 인생 연감처럼 허무하고 답답해 보인다.

오후에는 신촌에서 우연히 몇 년 전에 졸업한 남학생을 만났다. 나를 보자마자 대뜸, "선생님도 늙으셨네요" 하는 것이었다. "선생님도 늙으셨네요." 매우 비외교적인 말이지만, 따지고 보면 재미있는 말이기도 하다. 즉 선생님은 안 늙으실 줄 알았는데 늙었다는 실망의 말도 되고, 아니면 나도 늙었는데 선생님도 늙었다는 안도의 말도 된다. 아마도 전자 쪽에 속하겠지만 솔직히 말하면 나도 내심 놀란 것이, 두세 살짜리 여자아이를 안고 예쁜 아내를 동반한 그 졸업생은 어느덧 몸도 불고 머리도 벗겨지기 시작하여 그야말로 '아저씨'의 면모를 갖추고 있었다.

아직 20대 초반의 젊은이들, '늙는다'라는 말이 존재하지 않는 그들의 세계 속에서 바쁜 일상에 쫓기다 보면 사실 나이 드는 것은 잊고 살 뿐 아니라 내 모습이 어떻게 변하는지도 신경 쓸 틈이 없다.

그런데 최근 나도 늙어 가고 있음을 새삼 느끼는 것은 학생들이 나를 대하는 태도가 젊은 여선생에서 중년의 여교수로 변하고 있기 때문이다.

예를 들어 학생들이 주는 생일 카드만 해도 그렇다. 몇 년 전까지만 해도 '선생님, 언제까지나 젊은 열정으로', '항상 소녀 같은 미소로' 등등으로 시작하는 메시지가 많더니, 요새는 '교수님, 만수무강하십시오' 또는 '부디 오래오래 사십시오'가 점점 늘어난다.

학생들이 주는 선물 역시 어떤 의미에서는 그들이 나를 보는 눈의 척도가 될 텐데, 얼마 전까지는 꽃이나 곰 인형, 초콜릿 등 아기자기한 선물이 많더니 요새는 노구(?)를 끌고 다니는 모습이 힘겨워 보였는지 홍삼차, 솔잎 엑기스, 인삼 등 건강식품이 단연 늘었다. 화장품으로 말하자면 그 전까지는 향수나 립스틱이 대부분이었는데 요새는 '주름살 제거 크림'이 자주 눈에 띈다.

이러한 변화 중에 내가 가장 충격적으로 느낀 것은 얼마 전 군대 간 학생에게서 받은 편지이다. 학생들은 편지에 친근감을 표현하기 위해 간혹 '나의 누나(언니) 같은 선생님'이라는 호칭을 쓰곤 하는데, 이 편지는 '나의 어머니 같은 선생님'으로 시작하고 있었다. 그러나 내가 '어머니'라는 호칭에 익숙지 않을 뿐, 생물학적으로 따지면 충분히 그 학생의 어머니뻘이 되고도 남는 것은 물론이다.

어느 영화에선가 주인공이 '늙는다'는 것에 관한 일화를 이야기했던 게 생각난다.

쌍둥이 형제가 있었는데, 어렸을 때 형은 시간이 존재하지 않는 어느 별로 보내지고 동생은 지구에 남았다. 50년 후에 형제가 다시 만났을 때 지구에 살던 동생은 얼굴에 주름살 가득한 노인이 되어 있었고, 다른 별에 살던 형은 10대 미소년의 모습 그대로였다.

여기서 제기되는 문제는 '누가 더 참된 삶을 살았고, 누가 더 행복할까?'라는 것이다. 영화 속의 주인공은 지구에 살던 동생이 더욱 행복하다고 말한다. 하루하루 작은 드라마의 연속 같은 삶 속에서, 숱한 시련과 슬픔, 갈등을 겪으며 그는 더욱더 깊이 자신의 존재의 의미를 이해할 수 있었다는 것이다.

그에 반해 형은 여전히 젊고 아름다운 모습에 어린아이와 같은 순진무구함을 지니고 있지만, 삶의 한 단면만을 알 뿐 그 진정한 깊이를 깨닫지 못했다는 것이었다. 그러면서 주름진 얼굴은 지혜의 상징이요, 존재의 이해 조건이라고 결론짓는다.

그러나 나의 문제는, 살아온 세월과 연륜에 걸맞게끔 얼굴에 주름살은 늘었건만 삶에 대한 지혜를 깨닫기는커녕 여전히 방향 감각 없이 이리저리 길을 잃고 헤매고 있다는 것이다.

더욱더 슬픈 것은 길을 찾아 헤매다 눈에 띄는 아름다운 꽃도 이제는 심드렁하고, 가끔씩 맞닥뜨리는 사람들도 그다지 반갑지 않고, 밤하늘의 별을 보고 동서남북을 헤아려 나의 위치를 확인하려 하지도 않는다. 아니, 이제는 아예 길 찾기를 포기한 사람처럼 아무런 의욕도, 느낌도 없이 습관처럼 걸음을 내딛고 있는지도 모른다.

누군가 내 지나간 삶의 소중하고 특별한 순간들을 영화 필름에 담는다면 나의 십 대와 이십 대는 다양하고 경이로운 경험과 열정으로 가득한 컬러 무비가 되겠지만, 중년에 들어서부터는 아마도 뿌옇고 불분명한 그림자로 채워진 흑백 영화나, 아니면 완전히 공백 필름이 될 것이다.

지난번 회식 자리에서 정년 퇴임을 앞둔 선생님이 재미있는 말씀을 하셨다.

돌이켜 보면 인생은 마치 기차 여행 같은데, 나이가 들어 감에 따라 그 속도가 점점 빨라진다는 것이었다.

즉 10대 때에는 기차가 시속 10킬로미터로 천천히 달려 한

가롭게 창밖의 풍경을 구경하고 때로는 간이역에 내려 새로운 친구들도 만나고 여러 가지 경험을 쌓을 수 있는 시간적 여유가 있지만, 20대에 들어서면 기차는 두 배로 빨리, 시간당 20킬로미터로 달린다. 그래도 여전히 아름다운 자연을 보고 느끼고, 사람들을 사랑하고 세상의 구석구석을 돌아다니며 탐험해 볼 시간이 있다. 실수로 기차를 잘못 타더라도 내려서 행선지가 다른 기차로 갈아탈 수 있는 그런 속도이다.

그러나 30대에 들어서면서부터 기차 속도는 점점 빨라져 창밖의 풍경은 휙휙 지나가고 괜스레 마음은 초조해진다. 그리고 40대부터는 종착역을 향해 곤두박질하기 시작하는 그런 인생 기차.

2000년 1학기의 폴더를 집어넣기 위해 다시 새롭게 파일 박스 하나를 비우며 생각한다. 이제 나의 인생 기차는 내리막길로 들어서 달리고 있고, 세월은 다시 꿈결같이 흘러 2000-1, 2000-2의 꼬리표가 달린 폴더들이 곧 새로운 파일 박스를 가득 채우리라.

그래도 종착역에 도착하려면 아직 시간이 좀 남아 있다. 이제 다시 13년이 흘러 2013-1이라는 폴더를 집어넣을 때 나는 아마도 "아, 그때 나 젊었을 때, 이 두 번째 파일 박스를 채우기 시작했었는데……"라고 말하고 있을지도 모른다.

가을 학기에 수업 준비를 하며 또 한 번의 시작을 준비한다. 내일 죽는다 해도 오늘은 언제나 지상에서의 내 나머지 인생을 시작하는 첫날이기 때문이다.

희망을 버리는 것은 죄악이다

중고등학생들이 읽을 만한 명작 한 권을 소개하라는 청탁을 받았다. 하지만 명작 읽기를 업으로 삼는 사람으로서 내가 읽은 수많은 명작 중에서 한 권만을 뽑아 소개한다는 것은 내가 아끼는 물건들 가운데 딱 한 가지만 골라야 하는 것처럼 부담감과 망설임이 따른다.

물건마다 아끼는 이유가 다르듯이 명작마다 제각각 맛과 향기가 다르고, 우리에게 주는 메시지가 다르기 때문이다. 어떤 작품은 등장인물이 마음에 드는가 하면, 또 어떤 작품은 문체가 아름답고 강렬해서, 또 어떤 작품은 감동과 여운이 특별해서 아끼고 싶다.

그런 의미에서 헤밍웨이의 〈노인과 바다The Old Man and the Sea〉는 이 세 가지 조건을 모두 갖춘 작품이라고 할 수 있다. '20세기 미국 소설'의 학기말 시험에 호기심 삼아 한 학기 동안 읽은 작품 중 가장 인상 깊었던 책을 적고 그 이유를 짤막하게 적으라는 문제를 냈다.

그런데 여섯 편의 소설 중 〈노인과 바다〉가 단연 가장 많은 투표를 얻었다. 학생들은 그 이유로 '길이가 짧아서', '다른 작품에 비해 영어가 쉬워서'라는 엉뚱한 이유들과 함께 '노인의 인내심이 존경스러웠다', '이야기를 통해 삶에 대한 근성을 배웠다', '어떻게 살아야 하는가에 대한 해답을 찾았다' 등등의 이유를 댔다.

학생들이 말하듯 부담 없는 길이에 쉬운 문체, 그리고 '어떻게 살아가야 하는가에 대한 답을 주는 책', 헤밍웨이의 후기 대표작이자 1954년 노벨 문학상 수상작이기도 한 〈노인과 바다〉의 줄거리는 다음과 같다.

산티아고 노인은 아바나에서 고기를 낚으며 근근이 살아가는 가난한 어부이다. 일생을 바다에서 보낸 그는 이제는 노쇠

하지만 이웃 소년 마놀린과 함께 배를 타며 어부로서의 삶에 만족하며 살아간다. 그러나 84일 동안 계속해서 고기를 한 마리도 낚지 못하자 소년의 부모는 소년을 다른 배의 조수로 보낸다. 산티아고 노인은 혼자 먼바다까지 나가고, 그의 낚시에 거대한 돛새치 한 마리가 걸린다. 사흘간의 사투 끝에 노인은 대어를 낚아 배 뒤에 매달고 귀로에 오른다. 그러나 돛새치가 흘린 피 냄새를 맡고 상어 떼가 따라오고, 이를 물리치기 위해 노인은 다시 한번 목숨을 건 싸움을 벌인다. 노인이 가까스로 항구에 닿았을 때 그가 잡은 고기는 이미 상어 떼에 물어 뜯겨 앙상하게 뼈만 남은 후다. 노인은 지친 몸을 이끌고 가까스로 언덕 위에 있는 오두막으로 가서 정신없이 잠든다. 노인이 잠든 사이 소년은 노인의 상처투성이 손을 보고 눈물을 흘린다.

이야기의 귀결만 보면 일반적으로 우리가 말하는 헤밍웨이의 허무주의 사상과 맥락을 같이하는 작품처럼 보이지만, 거대한 물고기와 인간의 끈질긴 대결에서 헤밍웨이가 강조하는 것은 승부 그 자체가 아니라 누가 최후까지 위엄 있게 싸우느냐는 것이다.

망망대해에서 인간과 물고기가 벌이는 이 비장한 싸움에서는 승리나 패배라는 것이 있을 수 없고, 오직 누가 끝까지 비굴하지 않게 숭고한 용기와 인내로 싸우느냐가 중요하다. 물고기의 몸에 작살을 꽂고 밧줄을 거머쥔 채 물고기가 수면 위로 떠오르기를 기다리는 노인, 작살에서 벗어나기 위해 용틀임하는 거대한 물고기, 물고기와 노인의 이러한 팽팽한 대결은 서로가 목숨을 내놓고 싸우는 영예로운 싸움이다.

그래서 노인은 스스로 곤경에 몰리면서도 살기 위해 필사적으로 투쟁하는 적에게 사랑과 동지애를 느끼며 외친다.

"아, 나의 형제여, 나는 이제껏 너보다 아름답고, 침착하고, 고귀한 물고기를 본 적이 없다. 자, 나를 죽여도 좋다. 누가 누구를 죽이든 이제 나는 상관없다."

노인은 물고기와 자신이 같은 운명의 줄에 얽혀 있다고 느낀다. 물고기는 물고기로 태어났기 때문에, 그리고 자신은 어부이기 때문에 각자 자신의 규범에 순응하기 위해 싸우는 것이다. 사흘 밤낮으로 이어진 싸움 끝에 결국 물고기는 죽어 물 위로 떠오르지만, 노인은 승리감보다는 물고기에 대한 연민을 느낀다. 그래서 상어가 돛새치의 몸을 물어뜯을 때마다 마치 자신의 살점이 잘려 나가는 듯한 고통을 느낀다.

이 작품에서 가장 유명한 구절은 물고기와 싸우면서 노인이 되뇌는 말, "인간은 파괴될지언정 패배하지 않는다Man can be destroyed, but not defeated"라는 말이다. 인간의 육체가 갖고 있는 시한적 생명은 쉽게 끝날 수 있지만 인간 영혼의 힘, 의지, 역경을 이겨 내는 투지는 그 어떤 상황에서도 죽지 않고 지속되리라는 결의이다.

그러나 이 책에서 내가 개인적으로 제일 좋아하는 말은 노인이 죽은 물고기를 지키기 위해 혼신을 다해 상어와 싸우며 하는 말, "희망을 갖지 않는 것은 어리석다. 희망을 버리는 것은 죄악이다It is silly not to hope. It is a sin"라는 말이다.

삶의 요소요소마다 위험과 불행은 잠복해 있게 마련인데, 이에 맞서 '파괴될지언정 패배하지 않는' 불패의 정신으로 하루하루를 살아가는 것은 참으로 숭고하다. 그러나 희망이 없다면 그 싸움은 너무나 비장하고 슬프다. 지금의 고통이 언젠가는 사라지리라는 희망, 누군가 어둠 속에서 손을 뻗어 주리라는 희망, 내일은 내게 빛과 생명이 주어지리라는 희망, 그런 희망이 있어야 우리의 투혼도 빛나고, 노인이 물고기에 대해 느끼는 것과 같은 삶에 대한 동지애도 생긴다. 그리고 그런 희망을 가지지 않는 것은 죄이다. 빛을 보고도 눈을 감아 버리는 것은 자신을 어둠의 감옥 속에 가두어 버리는 자살행위와 같기 때문이다.

소설이라기보다는 마치 한 편의 장엄한 서사시 같은 작품 〈노인과 바다〉에서 노인은 고통과 죽음의 위협 속에서도 침착 성과 불굴의 용기로 진정한 인간다움을 가르쳐 준다.

그러나 이 작품에서 내가 학생들에게 간과하지 않도록 주의 시키는 인물(?)이 또 있다. 그것은 돛새치의 피 냄새를 맡고 쫓 아오는 상어 떼이다. 긴박하고 위험한 투쟁을 택하기보다는 남 의 전리품을 약탈하기 위해 배를 공격하는 상어 떼는 노인과 돛새치의 정정당당한 싸움과는 대조적이다. 이미 죽은 물고기 의 살을 뜯어 먹기 위해 노인을 쫓는 상어 떼는 비열하고 천박 한 기회주의의 표상이기 때문이다.

'어떻게 살아야 하는가'의 질문에 대한 해답을 얻었다는 학 생이 구체적으로 무엇을 염두에 두고 말했는지는 모르겠다. 하 지만 이 작품을 통해 학생들이 고통 속에서도 투혼을 가지고 인내하는 용기, 하나의 목표를 위해 자신이 갖고 있는 모든 능 력과 재능을 발휘하고 포기하지 않는 근성을 배웠으면 좋겠다. 또, 위험 속에서도 끝까지 희망을 잃지 않는 순수함을 배웠으 면 좋겠다.

하지만 무엇보다도 나는 이 책을 통해 어린 학생들이 '어떻게 하면 상어 떼처럼 살아가지 않을 수 있는가'에 관한 교훈을 얻었으면 한다. 어른들이 걸핏하면 써먹는 상어 떼와 같은 수법, 즉 노력하지 않고 호시탐탐 기회만 노리다 남의 것을 덥석 새치기하는 야비한 기회주의, 남이야 아파하든 말든 목적 달성을 위해서라면 주저하지 않고 남을 짓밟고 일어서는 비열한 편의주의, 그리고 어차피 세상은 혼자 싸우기에는 너무 무서운 곳이라고 미리 단정 짓고 불의인 줄 알면서도 군중에 야합하는 못난 패배주의를 배우지 않았으면 좋겠다.

그리고 노인의 상처투성이 손을 잡고 연민의 눈물을 흘리며 계승을 다짐하는 소년의 마음이 우리 학생들의 마음이었으면 좋겠다.

눈으로 들어오는 사랑

술은 입으로 들어오고
사랑은 눈으로 들어오네
우리가 늙어서 죽기 전에
알게 될 진실은 이것뿐
잔 들어 입에 가져가며
그대 보고 한숨짓네.

이 시는 20세기 영국 시의 거장 W. B. 예이츠가 노래한 〈음
주가Drinking Song〉이다. 이 시의 두 번째 행 "사랑은 눈으로 들어

오네"라는 말을 인용하여 미국의 소설가 윌리엄 케네디는 그의 소설 속의 한 여자 인물을 통해 다음과 같이 말하고 있다.

어떤 위대한 시인이 말하기를, 사랑은 눈을 통해 들어온다고 했지요. 그러니까 이 세상은 아무리 많이 보고 싶어도 너무 많이 보지 않도록 조심해야 해요. 왜냐하면 이 세상은 너무 아름다우니까요.

너무나 아름다워 실눈 뜨고 아껴 봐야 하는 이 세상, 하긴 하느님도 삼라만상을 창조하시고 나서 '보시기에' 참 좋다고 말씀하시지 않았는가. 슬그머니 우리 곁에 다가와 있는 가을 풍경이 너무 아름다운 오늘 같은 날 문득 생각나는 말이다.

며칠 새 쑥 올라간 하늘, 어느덧 황금빛으로 일렁이는 들판, 그 위를 나는 고추잠자리, 투명한 햇살 속에서 잔잔히 피어 있는 들국화, 오랜만에 선명한 선을 그리는 산들…….

평소에 별 '볼' 일 없기로 소문난 학교 캠퍼스도 오늘 같은 가을날은 색다른 아름다움으로 다가온다. 노란 화관을 쓰기 위해 성급하게 준비하고 있는 은행나무들, 드문드문 잔디밭에 둘러앉아 기타 치며 노래하는 젊은이들…… 너무나 평온하고 아름다워 눈으로 들어오는 사랑이 가슴 벅차다.

그러나 성숙의 아름다움 때문에 죽어야 하는 가을, 그래서인지 주위를 좀 더 살펴보면 우리들의 눈에 들어오는 것은 아름다운 것들뿐만은 아니다.

지난여름 수해로 망가진 논 앞에 넋을 놓고 앉아 있는 농부, 그 이마 위에 깊게 팬 허무한 주름살, 대형 백화점 한 모퉁이에 덧버선 몇 개 늘어놓고 지나는 이들의 다리만 쳐다보고 있는 할머니의 초점 없는 눈…….

우리의 기대를 한 몸에 안고 출범했던 새 정부의 원리 원칙은 어째서 힘없고 가난한 이들에게 더욱더 철저하게 적용되고 있는 것일까. 이리저리 기운 비닐하우스를 사정없이 쳐부수는 철거원의 팔에 매달린 아낙의 악에 받친 얼굴이 가슴 아프고, 먹고살 길 없어 노점상 열었다가 구청 직원들에게 몰매 맞는 장애인, 그리고 그 옆에 나뒹그러진 목발 하나가 자꾸 눈에 밟힌다.

아, 이 아름다운 계절 두 눈을 크게 뜨고 눈으로 들어오는 크나큰 사랑을 만끽하며 우리 모두 사랑의 열병을 앓아 봐도 좋으련만…….

막다른 골목

현철에게

오늘 오후, 사는 것이 너무 힘겹다고, 이제는 아무런 희망도 없이 '막다른 골목'에 들어섰다고 마침내 눈물을 보이던 네게 나는 아무런 말도 할 수 없었다. 선생으로서 제자에게, 아니 그 보다 인생의 선배로서 후배에게 무언가 할 말이 있을 법도 한데, 그 어떤 학위나 연륜도, 삶이 제멋대로 부리는 변덕을 해석하기에는 너무 어설펐기 때문이다.

신은 하나의 문을 닫으면서 또 다른 문을 열어 놓는 법이라고 말한들, 그 말이 지금의 네게 얼마나 도움이 될까. 그보다는 너보다 네댓 살 위인 전성균이라는 젊은이에 대해 이야기해 주고 싶다. 그 젊은이는 언젠가 신문에 기고했던 칼럼을 읽고 편지를 보내기 시작한 소위 나의 '팬'이란다. 벌써 6년째 불규칙적으로 오는 그의 편지에서 가끔 언급되는 지난 이야기를 조합해 보면 내가 읽은 그 어느 소설보다 더 소설 같은 극적인 사건의 연속이란다.

정읍에서 열두 살 때 소년 가장이 된 그는 열다섯 되던 해 병중에 있던 아버지가 자살하자 동생과 함께 무작정 상경, 새벽에는 우유 배달, 낮에는 정비 공장에서 일했다. 그의 배달 구역에 위치한 ㄷ대학을 지날 때마다 그는 언젠가는 꼭 그 대학의 학생이 되겠노라고 다짐했고, 6년 후 그의 꿈은 실현되었다.

그러나 입학한 지 한 달 만에 그의 무허가 오두막에 불이 나 동생이 타 죽고 말았다.

그가 내게 편지를 쓰기 시작한 것은 대학 2학년 겨울, 자신이 중증의 폐병 환자인 것을 발견하고 휴학, 투병 생활을 시작한 때였다. 4년 전쯤 여전히 요양 중이던 그가 쓴 편지에는 다음과 같은 이야기가 적혀 있었다.

개구리 세 마리가 우유 통에 빠졌습니다. 첫 번째 개구리는 자신의 운명을 개탄하고 헤엄쳐 볼 시도도 하지 않은 채 스스로 빠져 죽었습니다. 두 번째 개구리는 하느님이 구해 주실 것을 굳게 믿고 기적이 일어나기를 빌고 빌었습니다. 그러나 기다리던 기적은 끝내 일어나지 않았고, 그 개구리는 기다리다 지쳐서 죽었습니다. 세 번째 개구리는 어떻게든 우유 통에서 빠져나오려고 버둥대며 뒷발로 우유를 휘젓고 또 휘저었습니다. 마침내 우유가 딱딱하게 굳자 개구리는 그것을 딛고 빠져나올 수 있었습니다.

그 이야기를 읽고 나서 나는, 솔직히 말해 그가 너무 애처로웠다. 아니, 이런 터무니없는 이야기에서나마 희망과 위안을 찾으려는 그가 어리석다고까지 생각했다.

나는 세 번째 개구리의 그토록 필사적인 의지가 숭고하고 아름답기보다는 차라리 너무 기막히고 비참했다. 나라면 그렇게 악착같이 허우적대며 사느니 차라리 스스로 빠져 죽는 길을 택하겠다고 생각했다.

그러나 현철아, 나는 지금 그의 필사적인 투쟁이 결코 헛되지 않았음을 깨닫고 있단다. 그가 지난번에 보낸 편지에는 드디어 9년 만에 대학을 졸업하고 원하던 직장을 얻었다는 소식이 적혀 있었다. 그리고 편지 마무리에는 삶이 또다시 자신을 속일지라도 "슬퍼하거나 노하기"는커녕 싸워 이길 자신이 있노라고.

  현철아, '막다른 골목'이 갖는 역설적인 의미를 이해하겠니? 이제는 정말이지 아무런 희망이 없고 '막다른 골목'에 도달했다고 느껴질 때 차라리 우리의 선택은 쉬워질는지도 모른다.

  우리에게 주어지는 선택은 단 두 가지뿐이다. 완전히 좌절하고 삶을 포기하거나, 아니면 그 상황을 또 다른 시작의 계기로 삼는 일이다. 그리고 최후의 승리는 두 번째 길을 택하는 자에게 돌아간다고 나는 확신한다.

  현철아, 힘내라. 언젠가 네가 문득 눈을 들어 저 파란 하늘을 쳐다보는 그날, 삶의 한가운데 서서 당당하고 치열하게 살았던 오늘을 떠올리며 살아가는 일이 아름답다고 느낄 그날을 위하여.

                        너를 사랑하는 장영희 선생 씀

눈먼 소년이 어떻게 돕는가?

아이로니컬한 말이지만, 영어 회화 과목을 가르치면서 가끔 학생들이 우리말보다 영어로 말할 때 자기 마음을 더 잘 표현한다는 생각을 하곤 한다.

물론 문법도 많이 틀리고 어휘도 많이 부족하지만, 오히려 모자라는 언어 실력이 솔직한 마음을 드러내는 데는 더 효율적일 수 있다는 말이다.

우리말로 말할 때는 어휘도 풍부하고 언어 기술도 좋으니까 마음에 없는 말이라도 그럴듯하게, 장황하고 멋있게 할 수 있다. 하지만 영어로 하자면 머릿속에서 마땅한 단어 찾고 주어

동사 맞추자니 너무 번거로워서 꼭 해야 할 말만 가장 간략한 형태로 단도직입적으로 하게 마련이다.

즉 언어 구사력이 좋다는 말은 그만큼 '위장술'이 좋다는 뜻인지도 모른다.

그래도 언어를 배운다는 것은 결국 언어 '기술'을 습득한다는 뜻이므로, 나는 회화 시간에 어떻게 하면 학생들이 말을 많이 하도록 만드는가에 대해 항상 고민한다.

그런데 동기 유발이 잘 되도록 재미있고, 생각과 토론의 소지가 많은 상황을 제시하기란 여간 어렵지 않다. 하지만 오늘 학생들에게 준 토론 주제는 아주 성공적이었다.

곧 핵전쟁이 일어나고, 아시아의 모든 사람이 죽을 것이다. 그러나 핵폭발을 안전하게 피할 수 있는 동굴이 하나 있고, 아래 있는 열 사람이 그 동굴에 대해 알고 있다.

그러나 이 동굴에는 꼭 여섯 명밖에는 들어갈 수 없다. 다른 사람들이 모두 죽을 것이므로 생존자들이 완전히 새로운 한국, 아니 새로운 아시아를 건설할 것을 감안하여, 다음 열 사람 중에서 여섯 명을 선택하고 그 이유를 설명하라.

수녀(종신 서원을 했으므로 결혼할 수 없는 상태)

의사(공산주의자)

눈먼 소년

교사(일본인)

갱생한 창녀(그러나 언제라도 이전 생활로 돌아갈 소지가 큰 상태)

여가수(품행이 나쁘기로 소문남)

정치가

여류 핵물리학자

농부(청각 장애자)

나 자신(아무런 기술도, 능력도 없는 백수 상태)

  사람마다 하나씩 조건이 있어 학생들이 쉽사리 결정하지 못
하고 논란의 여지가 많게끔 만들어진 문제였다.

  그래도 토론을 시작하자마자 학생들이 별 의견 교환 없이
간단히 제외시킨 인물은 정치가였다. 이유로는 '워낙 기회주의
자인 데다가 여섯 명을 가지고도 당을 만들어 서로 헐뜯고 싸
우면서 새로운 한국의 분열을 초래할 가능성이 있다'는 것이
었다.

  또 거의 만장일치로 살려야 한다는 인물은 '나 자신'이었는

데, 학생들이 말하는 재미있는 이유는, 여섯 명이라는 숫자로 시작하는 나라이니만큼 우선 인구를 늘리는 것이 필수적인데, 아무런 기술이 없더라도 생산과 인구 증식에는 큰 공헌을 할 수 있다는 것이었다.

이 두 사람을 제외하고 학생들이 의견의 일치를 본 인물은 청각 장애자 농부로, 모든 사람의 생존에 필요한 식량을 보급할 수 있으므로 살아야 한다는 것이었다.

이외의 다른 사람들은 격렬한 논쟁을 불러일으켰다. 여섯 그룹으로 나누어 두 그룹씩 앞으로 나와 토론하고, 좀 더 설득력 있게 설명하는 그룹을 투표하여 뽑는 토너먼트식으로 운영했는데, 나중에는 가장 많은 득표를 한 A와 B그룹이 결승전을 벌였다. 물론 막히는 단어도 많았고, 문법이나 발음에 있어 실수도 많았지만, 토론을 진행하는 데는 전혀 문제가 없었다.

그들 가운데 일본인 교사와 눈먼 소년에 관한 토론이 가장 기억에 남는데, 대충 번역해 보면 다음과 같다(나중에 토론 자료로 삼기 위해 조교가 비디오를 찍었으므로 중간중간 생략한 부분을 빼고는 학생들이 말한 거의 그대로를 옮긴 것이다).

먼저 일본인 교사에 관한 토론이다.

A: 우리 그룹은 이 사람을 제외하기로 했습니다. 일본인이지 않습니까. 우리 조상들이 박해받은 35년을 생각한다면 우리나라 사람을 죽이고 일본 사람을 살릴 수는 없습니다.

B: 우리 그룹은 이 사람을 살리기로 했습니다. 물론 우리 조상들이 겪은 아픔을 잊어서는 안 됩니다. 하지만 그건 과거의 일입니다. 우리는 앞을 보고 살아야지, 뒤를 보고 살아서는 안 됩니다. 과거의 비극보다는 그런 비극이 다시 일어나지 않도록 미래의 사회를 좀 더 강하고 미래 지향적으로 만들어야 합니다. 그리고 일본 사람들은 이제 더 이상 우리의 적이 아니라 경제 발전의 동지입니다.

A: 물론 동의합니다. 그러나 그들이 우리에게 준 아픔은 너무나 긴 역사를 가지고 있습니다. 사할린 동포들을 보십시오. 왜 그 사람들이 고통을 받아야 합니까? 일본 사람들은 자기들의 전쟁을 위해 이용하고는 전쟁에서 패하자 자기 민족만 데려오고 우리나라 사람들은 그곳에 버리고 왔습니다. 그리고 마루타 이야기 아시죠? 전쟁 동안 한국 사람들을— 선생님, '생체실험'이 영어로 뭐예요?— 생체 실험용으로 썼습니다. 한마디로 일본 사람들은 너무 비인간적이고 비양심적입니다.

B: 그건 비단 일본 사람들뿐만이 아닙니다. 그리고 그땐 전

쟁 중이었습니다. 전쟁 중에 인간은 인간이 아니고 그저 잔인한 동물입니다. 그것은 인간 본성인지도 모릅니다. 따라서 이 사람이 단지 일본 사람이라는 이유로 죽게 한다는 것은 불공평합니다.

A: 작년에 우리 대통령이 일본에 갔을 때에도— 선생님, '정신대'가 영어로 뭐예요? 감사합니다— 정신대 문제에 대해 그들은 한마디도 사과하지 않았습니다. 그리고 일본 젊은이들 대부분은 자기네 조상들이 우리나라를 그렇게 박해했다는 사실조차 모르고 있다는 사실을 알고 있습니까?

B: 우리 토론이 본론에서 벗어나고 있는 것 같습니다. 우리가 지금 얘기하고 있는 건 일반적인 일본인이 아니라는 것을 기억하십시오. 이 상황에서는 국적이 중요한 것이 아니라— 선생님, '유전자'가 영어로 뭐예요? 아, 맞아, 그거지— 유전자를 생각해야 합니다. 일본인이라는 것 외에 이 사람은 새로운 사회의 일원이 되기에 가장 좋은 조건을 갖춘 사람입니다. 지적이고, 도덕적으로 문제없고, 그리고 무엇보다도 새로운 한국을 세우기 위해서는 아이들을 가르칠 선생님이 필요합니다.

A: 바로 그겁니다. 중요한 것은 미래의 한국인을 가르칠 선생님입니다. 그런데 그 사람은 아이들에게 우리말 대신 일본말

을 가르치고 일본 문화만 가르칠 겁니다. 즉 미래의 한국이 일본이 될 거라는 말입니다. 그래도 좋겠습니까?

이 말이 결정적이었다. A그룹이 더 많은 찬성표를 얻은 것은 물론, B그룹까지도 미래의 한국이나 아시아가 일본이 된다는 것에는 반대였다.

눈먼 소년에 관해서도 두 그룹은 의견이 엇갈렸다. A그룹이 현실적이고 실리적인 면을 강조한 반면, B그룹은 인도주의적인 접근을 시도했다.

A: 새로운 사회를 세우기 위해서는 무에서 유를 창조해야 하고, 여섯 명 모두 어떤 형태로든 공헌해야 합니다. 그런데 앞을 보지 못하는 소년이 무슨 일을 할 수 있겠습니까?

B: 눈이 멀었든 안 멀었든 간에, 그는 아직 어린 소년입니다. 그것은 다른 사람보다 더 오래 살 수 있다는 말입니다. 그리고 위험한 상황에 처해 있을 때 무조건 어린이를 먼저 구하는 것이 원칙입니다.

A: 중요한 점을 놓치고 있습니다. 여기서 선택 기준이 되어야 하는 것은 누가 얼마나 오래 사는가가 아니라 새로운 사회를 위해 어떤 공헌을 할 수 있느냐는 겁니다. 소년의 경우는 너

무 어리고, 따라서 육체적으로도 약하고, 아무런 경험이나 지식도 없는 데다가 볼 수조차 없는데, 어떻게 나라 세우는 일을 도울 수 있겠습니까?

B: 그러니, 결국 눈이 멀어서 안 되겠다는 말 아닙니까?

A: 그게 문제가 될 수 있다는 것을 부정하지는 못하겠죠. 소년은 아무 일도 할 수 없을뿐더러 오히려 다른 사람의 도움을 필요로 합니다. 그렇지만 다른 사람들은 각자 맡은 일에 아주 바쁠 겁니다. 누가 소년을 돌본단 말입니까?

B: 그러나 눈이 멀었기 때문에, 유용도가 떨어지기 때문에 죽어야 한다는 것은 너무나 가혹합니다. 인간은 가끔 잔인한 동물과 같은 행동을 하기도 하지만, 그래도 약한 자를 동정하는 것이 인간의 본능 아닙니까?

A: 물론 우리도 소년을 동정합니다. 하지만 감상적이 되면 안 됩니다. 좀 더 현실적이어야 합니다. 이건 실제 상황입니다. 가장 중요한 것은, 어떻게 이 여섯 명이 힘을 합해 강하고 살기 좋은 한국을 건설할 수 있는가 하는 점입니다. 한 사람이라도 자기 의무를 소홀히 한다면, 새로운 사회는 시작하기도 전에 쓰러지고 말 겁니다. 그런데 눈먼 소년이 어떻게 도움이 되겠습니까? 오히려 다른 사람들에게 짐이 될 뿐만 아니라 사회 발

전에 걸림돌이 될 수 있다는 말입니다.

이에 대해 B그룹은 마땅하게 논박할 이유를 들지 못했다. '동정과 인간애'에 대해 몇 명이 더 거들었으나, A그룹의 실리적인 측면을 꺾을 만큼 설득력을 갖지는 못했다. 분위기로 보아 A그룹의 논지가 많은 학생들의 지지를 얻고 있는 것이 분명했다.

그때 B그룹에 속해 있던 진기가 천천히 손을 들었다. 나는 내심 놀랐는데, 진기는 심하게 말을 더듬기 때문에 보통 토론 때에는 아무 말도 하지 않았다. 여러 사람들 앞에서 말한다는 것에 대해 심한 압박감을 느끼는지, 말 없이 그냥 한구석에 자리만 지키고 앉아 있었다. 그래서 나나 다른 학생들은 진기에 대해 별로 신경을 쓰지 않는 편이었다.

진기는 말을 더듬으며 천천히, 그리고 힘겹게 말하기 시작했다.

"나는 소년이 새로운 나라를 세우는 데 공헌을 할 수 있다고 생각합니다. 어떤 의미에서는 가장 커다란 공헌이 될 것입니다. 새로운 나라에서는 여러분이 이미 언급했듯이, 모든 사람이 각자 자기 일을 하느라 아주 바쁠 겁니다. 좋은 나라, 부강한 나라를 만들기 위해 정신없을 겁니다. 그러다 보면 분명히 그 사회에도 경쟁이 생기고, 질투와 미움에 사로잡혀 권력을 놓고 싸울 겁니다. 그렇지만 만약 누군가 이 눈먼 소년처럼 도움을 필요로 하는 사람이 있으면 모두 자기 시간을 쪼개 그를 도와야 할 겁니다. 그러면 남을 돕고, 남을 위해 나의 작은 것을 희생할 수 있는 배려하는 마음을 배울 수 있다고 생각합니다."

잠시 교실이 조용해졌다. 진기가 말하는 것을 끝까지 듣는 것은 많은 인내심을 요했지만, 말더듬 증상 때문에 그가 어렵사리 하는 말은 어쩐지 더욱 진지하고 진실되게 들렸다. 잠시 쉬었다가 진기는 다시 입을 열어 결론을 지었다.

"그렇게 남을 돕고 함께 나눌 줄 모르는 나라라면, 그런 데서 사느니 차라리 죽는 게 나을지도 모릅니다."

3.
더 큰 세상으로

엄마의 눈물

유학을 마치고 돌아온 지 10여 년이 지났지만, 그때 가져온 짐 보따리가 차일피일 미루다 보니 그대로 다락방에 방치되어 있었다.

어제는 불가피하게 미국 대학에서 썼던 자료들을 꺼내야 할 일이 있어 10년 묵은 짐을 정리하는데, 다락 한구석에 '영희 짐'이라고 커다랗게 매직 펜으로 씌어 있는 상자가 눈에 띄었다.

내가 유학 간 사이에 이 집으로 이사를 오면서 어머니가 내가 쓰던 물건들을 정리해 놓아둔 상자였다. 고등학교나 대학때 친구들과 주고받았던 편지, 노트, 시험지 등등 태곳적 물건들 가운데 아주 낡은 와이셔츠 갑 하나가 끼여 있었다.

열어 보니 신기하게도 초등학교 다니던 때의 물건들이 담겨 있었다. 어렴풋이 생각나는 것이, 어렸을 때 '생명'보다 더 아낀다고 생각했던 보물 상자였다. 동생들과 싸워 가면서 모았던 예쁜 구슬 병, 이런저런 상장들, 내가 좋아했던 만화가 엄희자, 박기준, 김종래 씨들의 만화를 흉내 내 그린 그림들, 그리고 맨 바닥에는 '3학년 7반 47번 장영희'라고 씌어 있는 일기장이 있었다.

호기심에 일기장을 대충 훑어보았다. 초등학교 3학년생이 썼다고 믿어지지 않을 만큼 꽤 세련된 필체로(오히려 지금 나는 악필로 소문나 있다) '동생 태어난 날—앗, 또 딸이다!', 'M&M 초콜릿 전쟁', '이 세상에서 제일 미운 애' 등 재미있는 제목들이 눈에 띄었다.

나는 짐 푸는 것을 잠깐 접어 두고 본격적으로 일기를 읽어 나가기 시작했다. 30여 년이라는 세월이 무색할 정도로 작고 어둡던 다락방이 갑자기 열 살짜리 소녀의 꿈과 희망으로 환해 지는 것 같았다.

일기는 매번 '이제는 동생과 사이좋게 놀아야지', '다음번엔 벼락공부를 하지 말아야지' 등 '해야지'라는 결의로 끝나고 있었다. '결의'는 곧 '실행'이라고 생각하는 순진무구함이 재미있어 계속 일기를 넘기는데, 문득 12월 15일 자의 '엄마의 눈물'이라는 제목이 눈에 들어왔다.

　　오늘 아침에도 엄마가 연탄재 부수는 소리에 잠이 깼다. 살짝 문을 열고 보니 밤새 눈이 왔고 엄마가 연탄재를 바께쓰에 담고 계셨다. 올해는 눈이 많이 와서 우리 집 연탄재가 남아나지 않겠다. 학교 갈 때 엄마가 학교까지 몇 번이나 왔다 갔다 하면서 깔아 놓은 연탄재 때문에 흰 눈 위에 갈색 선이 그어져 있었다. 그 위로 걸으니 별로 미끄럽지 않았다. 하지만 올 때는 내리막길인 데다 눈이 얼어붙는 바람에 너무 미끄러워 엄마가 나를 업고 와야 했다. 내가 너무 무거웠는지 집에 닿았을 때 엄마는 숨을 헐떡거리고 이마에는 땀이 송송 나 있었다. 추운 겨울에 땀 흘리는 사람! ― 바로 우리 엄마다. 그런데 나는 문득 엄마의 이마에 흐르는 그 땀이 눈물같이 보인다고 생각했다. 나를 업고 오면서 너무 힘들어서 우셨을까, 아니면 또 '나 죽으면 넌 어떡하니' 생각하시면서 우셨을까. 엄마 20년만 기다려요. 소아마비는 누워 떡 먹기로 고치는 훌륭한 의사 되어 내가 엄마 업어 줄게요.

일기를 보면서 입에는 미소가, 눈에는 눈물이 돌았다. 꿈을 이루는 데 '누워 떡 먹기'라는 표현을 쓰는 열 살짜리 어린아이의 세상에 대한 믿음이 재미있어 웃음이 났고, 학교에 가기 위해 모녀가 매일매일 싸워야 했던 그 용맹스러운 투쟁이 새삼 생각나 눈물이 났다.

돌이켜 보면 학창 시절, 내게 '학교에 간다'는 말은 문자 그대로 '간다'의 문제였다. 우리 집은 항상 내가 다니는 학교 근처로 이사를 하여 학교에서 고작 이, 삼백 미터 정도의 거리였지만, 그것도 내게는 버거운 거리였다. 게다가 비나 눈이라도 오는 날은 학교에 가는 일이 그야말로 필사적인 투쟁이었다.

아침마다 우리 여섯 형제는 제각각 하루의 시작을 위해 대전쟁을 치렀는데, 어머니는 항상 내 차지였다. 다리 혈액 순환이 잘 되라고 두꺼운 솜을 넣어 직접 지으신 바지를 아랫목에 넣어 따뜻하게 데워 입히시는 일부터 시작하여 세수, 아침 식사, 그리고 보조기를 신기시는 일까지, 그야말로 완전 무장을 하고 나서 우리 모녀는 또 '학교 가기' 전투를 개시하는 것이었다.

초등학교 3학년 때까지 어머니는 나를 업어서 데려다주셨지만, 그것으로 끝나는 게 아니었다. 화장실에 데려가기 위해 두 시간에 한 번씩 학교에 오셔야 했다.

그때 일종의 신경성 요뇨증 같은 것이 있었던지, 어머니가 오시면 가고 싶지 않던 화장실도 어머니가 일단 가시기만 하면 갑자기 급해지는 것이었다. 그래서 어머니는 항상 노심초사, 틈만 나면 학교로 뛰어오시곤 했다.

어머니와 내가 함께 걸을 때면 아이들이 쫓아다니며 놀리거나 내 걸음을 흉내 내곤 하였다.

지금 생각하면 신기하게도 초등학교에 들어갈 즈음에는 이미, 철이 없어서였는지 아니면 그 반대였는지, 적어도 겉으로는 그것을 무시할 수 있었다. 오히려 일부러 보조기 구둣발 소리를 크게 내며 앞만 보고 걷곤 했다.

그러나 어머니는 쉽사리 익숙해지지 못하셨다. 아이들이 따라올 때마다 마치 뒤에서 누가 총이라도 겨누고 있는 듯, 잔뜩 긴장한 채 머리를 꼿꼿이 쳐들고 걸으시다가 어느 순간 홱 돌아서서 날카롭게 "그만두지 못해! 얘가 너한테 밥을 달라던, 옷을 달라던!" 하고 말씀하시곤 하셨다.

언제나 조신하고 말 없는 어머니였지만, 기동력 없는 딸이 이 세상에 발붙일 수 있는 자리를 마련하기 위해서는 목숨 바쳐 싸워야 한다고 생각한 억척스러운 전사였다. 눈이 오면 눈

위에 연탄재를 깔고, 비가 오면 한 손으로는 딸을 받쳐 업고 다른 한 손으로는 우산을 든 채 딸의 길과 방패가 되는 어머니의 하루하루는 슬프고 힘겨운 싸움의 연속이었다.

그뿐인가, 걸핏하면 수술을 하고 두세 달씩 있어야 했던 병원 생활, 상급 학교에 갈 때마다 장애를 이유로 입학시험 보는 것조차 허락하지 않던 학교들…… 나 잘할 수 있다고, 제발 한 자리 끼워 달라고 애원해도 자꾸 벼랑 끝으로 밀어내는 세상에 그래도 악착같이 매달릴 수 있었던 것은 어머니 때문이었다.

어머니는 내 앞에서 한 번도 눈물을 흘리신 적이 없었고, 그 것은 이 세상의 슬픔은 눈물로 정복될 수 없다는 말 없는 가르침이었지만, 가슴속으로 흐르던 '엄마의 눈물'은 열 살짜리 딸조차도 놓칠 수 없었다.

'신은 모든 곳에 있을 수 없기에 어머니를 만들었다.' 어디선가 본 책의 제목이다. 오늘도 어디에선가 걷지 못하거나 보지 못하는 자식을 업고 눈물 같은 땀을 흘리며 끝없이 층계를 올라가는 어머니, "나 죽으면 어떡하지" 하며 깊이 한숨짓는 어머니, '정상'이 아닌 자식의 손을 잡고 다른 사람들의 눈총을 따갑게 느끼며 머리를 꼿꼿이 쳐들고 걷는 어머니, 이 용감하고 인내심 많고 씩씩하고 하느님 같은 어머니들의 외로운 투쟁에 사랑과 응원을 보내며 보잘것없는 이 글을 나의 어머니와 그들에게 바친다.

나의 목발

　이번 학기에 내가 가르친 영어 회화 과목 교과서에는 각 단원마다 재미있는 토론 제목들이 딸려 있다. '내게 소중한 것들'이라는 단원에 속한 제목들로는 '너의 집에 불이 난다면 제일 먼저 무엇을 꺼내겠는가?' 또는 '아무도 살지 않는 섬에 가서 여생을 보내야 한다면 무엇을 가져가겠는가?' 등이 있다. 전자에 대해 학생들은 보통 돈, 일기, 통장, 보석, 사진첩, 성경 등을 말하고, 후자에 대해서는 '여(남)자, 컴퓨터, 자동차, 휴대폰, CD 플레이어' 등을 꼽는다.

　누군가 내게 같은 질문을 한다면—즉 내가 소유한 물건 중에 제일 소중한 것을 꼽으라면—아마 나는 차, 컴퓨터 또는 책들이라고 말할 것이다.

그러나 이것은 금전적인 기준을 적용했을 때의 경우이고, 가격과 관계없이 내가 소유한 물건들 중에 가장 중요하고 필수불가결한 것은 단연 목발이다. 차가 없으면 불편하긴 해도 택시를 타면 될 것이고, 컴퓨터나 책이 없으면 선생 노릇 하는 데는 지장이 있겠지만 사람 노릇 하는 데는 그다지 큰 걸림돌이 아니다. 하지만 목발이 없다면 나는 단 하루도 제대로 움직일 수 없다.

'목발의 세계'에 익숙지 않은 사람들은 가끔 이 목발이라는 생소한 물건에 대해 질문한다. 목발도 신발처럼 왼쪽 오른쪽이 따로 있는지, 나무로 만든 것과 알루미늄으로 된 것 중 어느 것이 더 비싼지, 한 개만 가지고도 걸을 수 있는지, 밑의 고무는 갈아 끼울 수 있는 것인지 등등.

그런데 얼마 전에는 학생 하나가 내게 꿈속에서도 목발을 짚고 다니는지 물었다. 그런 질문을 받아 본 것은 처음이었는데, 새삼 생각해 보니 나는 꿈에도 분명히 목발을 짚고 있었다. 아니, 짚고 있을 뿐만 아니라 현실에서처럼 한 발짝 한 발짝마다 온 신경을 쏟으면서 넘어질까 봐 조심하면서 걸었다. 목발이 바로 내 다리나 마찬가지이므로, 꿈속이라고 해서 다리 없이 돌아다니지는 못할 테니까 말이다.

내가 지금 짚고 다니는 목발은 정확히 22년 전인 1978년 9월 뉴욕시의 어느 의학 기구 용품점에서 산 것이다. 내가 유학차 올버니에 있는 뉴욕 주립 대학교에 간 지 꼭 일주일 후였다. 일부러 미제 목발을 사려고 미국 갈 때까지 기다린 것도 아니었다. 그렇게 급하게 목발을 사게 된 데는 사연이 있다.

유학 생활의 첫 학기가 시작되고 첫 강의가 있는 날이었다. 저녁 7시에 시작해서 10시에 끝나는 '여성과 문학'이라는 수업이었다. 첫 시간이니까 그저 교안敎案이나 한 번 읽고 끝나겠지 했던 내 생각은 큰 오산이었다.

카우보이 차림의 여교수는 듣도 보도 못한 책을 스무 권쯤 들고 들어와 하나씩 들어 가며 설명했다. 학생들도 마치 그런 책은 골백번도 더 읽었다는 듯 열띤 토론을 벌였다. 처음 간 곳에서, 처음 보는 사람들 사이에 앉아 전혀 생소한 책들을 보는 기분, 그것은 한마디로 사방이 꽉 막힌 막막함이었다.

말 한마디 못 하고 긴장된 마음으로 앉아 있다가 드디어 수업을 마치고 터덜터덜 기숙사로 돌아오는데, 주위에는 인적도 없고 하늘에는 추석이 가까웠는지 유난히 큰 보름달만 휘영청 밝았다. 건너편 음대 쪽에서 누군가가 부는 처량한 색소폰 소리가 들렸다. 갑자기 사랑하는 사람들과 너무 멀리 떨어져 있다는 사실이 가슴을 때리면서 지독한 향수가 밀려왔다. 온몸이 무너져 내리는 것 같았다.

나의 그런 마음을 눈치챘는지, 순간 목발 하나가 부러지면서 나는 그대로 땅바닥에 나둥그러졌다. 엉겁결에 겨우 일어나 앉기는 했지만 혼자서는 일어설 수가 없었다. 그날따라 주위에는 지나가는 사람도 하나 없어 도움을 청할 수조차 없었다.

그렇게 길바닥에 주저앉아 얼마간 시간을 보냈다. 어렸을 때부터 나는 가끔 목발과 보조기 없이 꼼짝할 수 없는 상태로 길바닥에 앉아 다른 사람들의 구경거리가 되고 있는 악몽을 꾸곤 했었다. 그 느낌은 비참한 좌절감, 지독한 당혹감이었다.

그러나 실제로 그런 상황에 처해 보니 그것은 꿈속의 느낌과는 전혀 달랐다. 그것은 당혹감도, 슬픔도, 좌절감도 아니었다. 그냥 '이상한' 느낌이었다. 마치 나 혼자 4차원의 세계에 떨어진 것 같은, 유리 벽 속에 갇혀 아무리 소리쳐도 다른 사람들이 듣지 못하는, 그런 고립된 세상 속에 갇혀 있는 기분이었다.

모든 것이 낯설었지만, 그곳에 영원히 버려진다 해도 상관없다는 듯, 마음은 오히려 담담했다. 얼마나 시간이 흘렀을까, 결국 지나가던 사람이 기숙사로 연락해 룸메이트 바버라가 휠체어를 가지고 왔다. 하지만 그때 길바닥에 주저앉아 있던 그 시간은 아직도 내 일생에 가장 잊지 못할 시간 중 하나이다.

다음 날 뉴욕에 살던 오빠가 급히 올버니로 와 함께 가서 산 것이 바로 내가 지금 사용하고 있는 목발이다. 독일제였는데, 내게는 너무 길어서 주인이 길이 조정 나사못을 맨 밑에 박아 가장 짧은 길이로 만들어 주었다.

부러진 목발보다 나무도 훨씬 더 튼튼해 보였고, 항상 겨드랑이가 아파서 어머니가 두껍게 붕대를 매어 주시던 어깨받이는 탄력성 있는 검정색 플라스틱으로 되어 있어 전혀 배기지도 않았다. 손잡이도 내 손에 꼭 맞아 그야말로 '맞춤 목발' 같았다.

원래 물건값을 잘 기억하지 못하는 나지만, 그 목발의 가격은 분명히 기억한다. 11달러였다. 어떻게 그렇게 쌀 수 있었는지 모르지만, 당시 환율이 520원이었으므로 세금까지 합쳐 단돈 6천 원에 내 다리를 산 셈이다.

내 인생의 새로운 장이 시작되는 유학 첫날 그 '이상한' 세계에 털썩 주저앉아 버린 나를 다시 일으켜 준 목발은 그때부터 이제껏 22년 동안 내 몸을 지탱하는 버팀목이 되어 주었다 (영어로는 목발을 crutch라고 하는데, 여기에는 '정신적 지주'라는 뜻도 있다).

목발의 평균 수명이 얼마나 되는지 모르지만, 아마 그보다 훨씬 오래되었을 내 목발은 주인과 함께 늙어, 이제는 전신이 다 긁힌 자국이요, 이리저리 움푹 패고 불에 탄 자국까지, 크고 작은 상흔들로 덮여 있다. 하필이면 조심성 없고 칠칠치 못한 주인을 만나 목발 팔자치고는 참으로 센 팔자지만, 여전히 조금도 휨 없이 꿋꿋하게 제 역할을 했다.

목발 위의 상흔들은 내 일생의 가장 중요한 시기―20대에서 40대에 이르기까지―의 하루하루를 새겨 놓은 나의 역사요, 나무 위의 내 인생 역정이다.

하지만 그건 내 생각이고, 미관상 볼썽사나운 것은 사실이다. 볼썽은 그렇다 치고, 더욱 곤란한 점은 걸을 때마다 삐걱거리는 소리가 너무 난다는 것이었다. 그래서 도서관이나 성당같이 조용한 장소에 갈 때마다 그 소리 때문에 실내에 있는 사람들이 모두 쳐다보았다.

급기야 얼마 전에는 성당에서 나오는데 옆에 앉았던 남자가 쫓아 나오더니, 자신이 보조 기구 가게를 운영하는데 목발 한 세트를 무료로 주겠다고 제안하기까지 했다.

아마 내가 형편이 좋지 않아서 그렇게 낡은 목발을 짚고 다니는 줄 안 모양이었다. 물론 그런 것은 아니다. 단지 너무 익숙하다 보니 시각적으로나 청각적으로 다른 사람들의 눈을 끌만큼 낡았다는 것을 그냥 잊고 살 뿐이다.

그런데 요즈음 들어 부쩍 동생들로부터 지독한 압박을 받고 있다. 목발이 하도 낡아 그것을 짚고 있는 사람 자체가 아주 초라하고 옹색해 보인다는 이유에서였다. 동생의 말에 따르면 목발에도 '유행'이라는 것이 있는데, 나무로 된 목발은 이미 오래전에 유행이 지났고 요새는 알루미늄으로 된 목발이 유행이라는 것이다. 아닌 게 아니라 나처럼 전통적인 구식 목발을 짚고 다니는 사람은 별로 보지 못한 것 같다.

그러더니 미국에 사는 언니에게 연락해 얼마 후에는 언니가 미제 목발 한 세트를 보내왔다. 그런데 그게 정말이지 유행의 첨단을 걷는 목발(이 경우는 나무가 아니라 알루미늄으로 되어 있으니 알루미늄 발?)이었다. 어디서 구했는지 모르지만, 전체가 번쩍번쩍 빛이 나고 어깨받이와 손잡이 테두리에는 플라스틱으로 된 주홍색 선이 둘러 있어 나의 낡은 목발과는 비교가 안 되는, 이제껏 내가 본 목발 중에 가장 '아름다운' 목발이었다.

당장 어머니와 동생들의 성화에 못 이겨 새로운 목발에 익숙해지기 위한 연습에 들어갔다. 놀랍게도 많은 연습을 할 필요도 없이 그 아름다운 알루미늄 발에 금방 익숙해졌다. 손잡이도 내 손에 꼭 맞고 겨드랑이도 배기지 않는 게, 20여 년간 써온 낡은 목발 못지않게 아주 편했다. 무엇보다 걸을 때마다 삐걱거리는 소리가 나지 않아, 갑자기 내 스스로 발레리나가 된 것처럼 우아해진 듯한 느낌이었다.

멋있고 우아한 발레리나가 되어 미끄러지듯 소리 없이 집 안을 이리저리 걷다 보니 문득 버림받은 채 초라한 모습으로 목욕탕 한구석에 기대어 있는 낡은 목발이 눈에 띄었다.

순간 그 모습이 너무나 낯설고 불쌍해 보였다. 내 다리는 나 없이 거기 서 있고, 나는 다른 사람의 다리 위에 얹혀 있는 느낌이었다. 그럼에도 불구하고, 나는 유행에 민감한 멋쟁이가 되기 위해 매몰차게 눈을 돌리고 계속 걷는 연습을 했다.

그때 마침 초등학교 5학년짜리 조카 범서가 들어왔다.

"와— 이모! 새 다리야? 짱 멋있어!"

"그래? 멋있지? 아주 번쩍번쩍하지?"

나는 자랑스럽게 알루미늄 발을 내보이며 말했다.

"응. 되게. 이모, 옛날에 〈터미네이터 2〉 영화 비디오로 같이 봤지? 거기에 쇠로 된 사람 나오잖아."

"쇠로 된 사람?"

내가 의아해서 묻자, 내 목발을 이리저리 어루만지면서, 범서가 감탄 섞인 목소리로 대답했다.

"응, 왜 그 사람 있잖아. 쇳물이 돼서 흘렀다가 이 사람 저 사람으로 막 변신해서 터미네이터 쫓아다니는 그 로봇 인간! 이모가 바로 그 로봇 인간 같애! 와— 되게 멋있다."

내가 지금 어떤 목발을 사용하고 있는지는 여러분 상상에 맡긴다.

못 줄 이유

나는 아주 어렸을 때 유아 세례를 받았고 대학도 가톨릭 계통을 나왔다. 대학교 다닐 때 대부분의 교수님들은 외국인 신부님이셨고 그분들은 신앙인으로서, 또는 스승으로서 완벽한 모범을 보여 주셨다.

그러나 그분들을 제대로 본받지 못하고 그때나 지금이나 바로 코앞에 있는 인간들 생각에 급급해, 눈에 보이지 않는 하느님은 언제나 뒷전이다.

그러다 보니 평상시에는 그저 나 편리한 대로 살다가 아쉬울 때만 하느님을 찾는, 참으로 한심한 신자이다.

하느님 입장에서 보면 참으로 괘씸하실 거라는 생각도 들기는 하지만, 쟤는 원래 그런 애려니, 인간들을 너무 많이 만들다 보니 별종도 나오는군, 내가 저렇게 만들었으니 할 수 없지, 하시고 넓은 마음으로 이해하시리라 생각하고 양심의 가책도 별로 느끼지 않는다.

그런 나도 가능하면 주일 미사는 꼭 참석하려고 노력하는 것이, 첫째, 지은 죄가 워낙 많은데 주일 미사까지 빠지면 혹시 하늘에서 벼락이라도 떨어질까 봐 께름칙해서이고, 둘째, 일주일 동안 그야말로 꽁지 빠진 닭처럼 정신없이 돌아다니다 보면 겨우 주일 미사 때나 한 번 어머니와 동생 식구들을 마주하는 셈인데 그 기회마저 놓치기 뭣하고, 셋째, 성경은 문학의 뿌리이고 특히 영문학 공부하는 사람에게 성경 공부는 필수 조건인데 혼자 앉아 성경 읽는 경우가 별로 없으니 미사 때 짧게 읽는 성경이나마 큰 공부가 되기 때문이다.

그러나 무엇보다도 성당에 가면 잠시나마 나를 한번 돌이켜 보고, 일주일간 뒤죽박죽된 마음을 정리하는 시간이 된다.

지난 주일에는 식구들과 시간이 안 맞아 혼자 저녁 7시 미사에 갔다. 그런데 신부님이 그날의 성경 구절을 '나눔'의 메시지와 연관시켜 강론하시다가 갑자기 무엇이든 좋으니 옆 사람과 나누어 보라고 하셨다.

그러자 사람들이 가방이나 주머니를 뒤적거리며 서로 나눌 물건들을 찾기 시작했다. 봉헌금만 가지고 달랑 맨몸으로 갔던 나는 당황했다. 아무리 주머니를 뒤져 봐도 차 키 말고는 아무것도 없었다.

차 키를 준다? 하, 말도 안 되지. 그럼 뭐가 있을까. 궁여지책으로 내 몸뚱이에 걸친 것들을 생각해 보았다. 목에 맨 스카프? 백 퍼센트 실크이니 아마 2, 3만 원은 할걸. 귀고리로 말하자면 금金 아닌가, 금. 한 돈쯤 된다 쳐도 5만 원은 할 것이다. 목걸이는 아마 그보다 더 비싸겠지? 대충 6, 7만 원?

평상시, 숫자라면 백치에 가깝도록 무능한 나의 두뇌가 '못 줄 이유'를 찾기 위해서는 놀랍게도 섬광처럼 빠른 속도로 내가 지닌 물건들의 가격을 계산하고 있었다. 내 새끼손가락에 끼워진 실반지, 이것은 가격으로야 얼마 나가지 않겠지만 학생들이 해 준 선물이다. 못 주지, 암, 못 주고말고. 그럼 재킷? 낡긴 했어도 내가 제일 좋아하는 옷이고 이맘때쯤이면 교복처럼 입는 옷이니 그것도 줄 수 없다. 그럼, 거기에 꽂힌 브로치? 하지만 세트로 된 것이라 하나를 줘 버리면 나머지는 짝짝이가 될 터라 그것도 못 주겠고…….

옆에 앉으신 할머니는 이미 무엇인가를 내게 내밀고 있었다. 어쩌나, 어쩔거나. 그런데 무심히 바지 뒷주머니에 손을 넣으니, 아, 다행히, 너무나도 다행히, 며칠 전 음식점에서 입가심으로 준 박하사탕 하나가 집혔다. 원래 박하사탕을 싫어하기 때문에 먹지 않고, 그나마 버리는 수고가 아까워 그냥 넣어 두었던 물건이었다.

'주님, 감사합니다!'

아이로니컬하게도 나는 내게 필요 없는 물건, 아니 오히려 주어 버려서 속 시원한 물건을 발견하게 해 주신 데 대해 하느님께 감사하며 사탕을 할머니께 내밀었다. 할머니도 무엇인가를 내 손에 쥐어 주었는데, 그것은 아주 조그맣고 예쁜 병에 든 '구심救心'이라는 심장약이었다.

신부님은 "작은 물건이라도 옆 사람과 나누는 기쁨이 어떠냐"고 물었다. 과연 사람들의 얼굴들이 환한 미소로 빛나고 있었다. 그러나 나는 미소를 담을 수 없었다. 나는 항상 내가 신심은 좀 부족해도 그런대로 하느님의 뜻에 크게 벗어나지 않게 선하고 올곧게 살아간다고 믿었다. 아니, 어떤 때는 오히려 선하기 때문에 손해 보며 산다고 억울하게 생각한 적도 있다. 그런데 그건 순전히 구차한 자기 합리화였다.

옆에 앉은 할머니의 행색이 옹색해 보여서, 날씨가 추운데 할머니 재킷이 내 것보다 얇아 보여서, '구심'을 내어놓는 할머니의 마음이 너무나 고마워서 등 '줄 이유'를 찾으려면 얼마든지 찾을 수 있었는데도, 거의 조건 반사적으로 '못 줄 이유'를 찾은 것은 아마도 이제껏 살아오면서 알게 모르게 다져 온 나의 마음가짐 탓일 것이다.

살아가면서 누군가를 미워할 때 그를 '용서해야 할 이유'보다는 '용서하지 못할 이유'를 먼저 찾고, 누군가를 비난하면서 그를 '좋아해야 할 이유'보다는 '좋아하지 못할 이유'를 먼저 찾고, 마음의 문을 꽁꽁 닫아건 채 누군가를 '사랑해야 할 이유'보다는 '사랑하지 못할 이유'를 먼저 찾지는 않았는지.

나는 '구심' 병을 손에 꼭 쥐고 하느님께 용서를 빌었다.

"주님, 제 육체 속의 심장은 멀쩡히 뛰고 있지만 제 마음이 병들었나이다. 제 마음을 고쳐 주소서. 저에게 '구심救心'의 은총을 베푸시어 희고 깨끗한 마음을 주소서."

꿈

나이가 들어 슬픈 일 중 하나가 이제는 사람들이 내게 꿈이 무엇이냐고 묻지 않는다는 것이다. 꿈을 가지기에는 너무 늙은 나이라고 생각하는지, 아니면 꿈이 있어도 이룰 시간이 별로 없다고 여기는 것인지, 그것도 아니면 어느 정도 사회적 지위를 갖추었으니 더 이상 꿈을 가질 필요가 없다고 생각하는지, 이유야 분명치 않지만 아무도 내게 꿈을 물어봐 주는 이가 없다.

그렇지만 나에게도 꿈이 있다. 어느 날 갑자기 밑도 끝도 없이 잠적, 태평양 어딘가에 있는 아름다운 무인도에서 〈서강학

보〉에 '영문과 장영희 교수 행방불명. 2000년 2학기 세 강좌 폐강'이라는 기사가 난 것을 회심의 미소를 머금으며 읽는 꿈, 갑자기 미친 듯이 누군가를 사랑하게 되어 '앉으나 서나 그대 생각'하면서 가슴을 에는 그리움을 배우고 싶은 꿈(간혹 학생들이 내게 물어보는 일이 있어도 "선생님은 왜 결혼을 안 하셨나요?", "예전에 사랑하셨던 남자가 있었나요?"라고 과거 시제를 쓰지, "지금 사랑하고 있는 사람이 있나요?"라고 물어보는 예는 거의 없다), 또는 언젠가 코미디 프로에서 봤던 것처럼, 어느 날 갑자기 벼락을 맞아 내가 천재가 되어 이제껏 읽은 수많은 명작들에 버금가는 작품을 쓰는 꿈, 다시 대학에 들어가 우주학을 공부해 우주 비행사가 되어 은하계를 여행하고 싶은 꿈 등 무수히 많은 꿈을 가지고 있다.

오히려 어렸을 때는 꿈이 별로 없거나, 있더라도 아주 단순했다. 보통 꿈을 말할 땐 '무엇이 되고 싶다'든가 '무엇을 하고 싶다'와 연결되지만, 나의 어렸을 때 꿈은 주로 '어디에 가고 싶다'가 많았다.

초등학교 때의 꿈은 창경원에 한번 가 보는 것이었다. 그때만 해도 서울에는 마땅하게 갈 만한 곳이 없었기 때문에 1년에 한 번 학교에서 가는 소풍의 행선지는 언제나 창경원이었다.

소풍에 따라갈 수 없었던 나는 친구들이 다녀와서 묘사하는 '창경원'이라는 세계가 너무나 궁금했고, 내 마음속의 창경원은 동화 속에 나오는 그 어느 궁전보다 훨씬 더 신비로웠다. 지금도 다락 어디엔가 있을, 내가 어렸을 때 그린 '꿈속에서 본 창경원'은 미국의 디즈니랜드보다 훨씬 더 환상적이고 아름답다.

중학교 때의 꿈은 영화관에 가 보는 것이었고, 고등학교 때의 꿈은 친구들이 다니는 '학원'이라는 곳에 한번 가 보는 것, 그리고 대학교 때의 꿈은 다방에 가 보는 것이었다(당시의 다방들은 대부분 아주 좁은 층계를 올라가야 하는 2층이나 3층에 있었다).

자라면서 나의 '꿈'의 행선지는 이렇게 변했다. 그렇지만 막상 '꿈'이라는 단어를 그런 행선지에 갖다 붙이는 것은 억지일지도 모른다. 그곳에 가 보고 싶은 내 욕망이 아무리 컸어도, 영화관, 학원, 다방 같은 곳과 '꿈'이라는 말은 어울리지 않기 때문이다.

'꿈'이라는 말이 잘 어울리는 곳, 그리고 내가 아주 어렸을 때부터 어른이 되기까지 변함없이 가고 싶었던 곳, 그곳은 바다였다.

초등학교 2학년 때 양쪽 다리를 수술하고 병원에 입원한 적이 있는데, 그때 침대 발치의 입원실 벽에 걸려 있던 달력에는 바다 그림이 있었다. 우리나라였는지 외국이었는지 모르지만 옅은 안개가 낀 듯 보랏빛이 감도는 하늘에 부드러운 연녹색 바다, 멀리 보이는 등대 하나, 작은 점처럼 보이는 배들, 바다 가장자리에 두른 흰색 레이스 같은 파도…….

지금도 눈에 선한 그 바다 사진은 나의 어린 시절 기억의 사진기에 영원히 찍혀 있다. 한 달 정도 양다리에 깁스를 한 채 꼼짝 못 하고 누워서 바라보는 그 바다는 단순한 사진이 아니라 말 그대로 꿈의 세계였다. 다리의 통증 때문에 진통제를 맞고 비몽사몽 어설픈 잠을 자다가 아침에 눈을 뜨면, 그 바다가 엄마 얼굴보다 먼저 눈에 들어왔다. 그것은 내가 다시 이 세상에 돌아왔다는 증거였고, 이 세상이 저렇게 아름다울 수 있다는 본보기였으며 그리고 언젠가는 나도 꼭 그곳에 가고 싶다는 꿈과 의지의 표징이었다.

그 후에 많은 문학 작품들— 어렸을 때 읽은 《보물섬》 《해저 이만 리》에서부터 대학교 때 읽은 〈노인과 바다〉 《백경》에 이르기까지— 속에서도 바다를 만났다. 책에서 본 바다는 달력 사진 속의 바다처럼 이 세상에서 '가장' 아름다운 곳, '가장' 평화로운 곳일 뿐만 아니라 내가 상상조차 할 수 없는 '가장' 거대한 곳, 그러면서도 '가장' 무서운 곳, 무조건 모든 형용사의 '최상급'을 적용할 수 있는 곳이었다.

그곳은 내가 가고 싶지만 갈 수 없을 뿐 아니라, 어쩌면 못 가는 것이 다행스러울 정도로 꿈속에서만 간직해야 하는 신비의 세계였다.

그 신비의 세계, 내가 읽은 소설의 작가들은 거의 예외 없이 바다를 '도전과 시험을 통해 다시 태어나는 곳'의 상징으로 그리고 있었다. 허먼 멜빌이 쓴 《백경》의 제일 첫 문단에서 화자 이슈마엘은 자기가 바다로 가는 이유를 간단명료하게, 자신이 뭍에서 느끼는 자살 충동을 치유하기 위한 것이라고 말한다.

"내 입 주위에 우울한 빛이 떠돌 때, 관을 쌓아 두는 창고 앞에서 저절로 발길이 멈춰질 때, 내 영혼에 축축하게 가랑비 오는 11월이 올 때. 그런 때면 나는 빨리 바다로 가야 한다는 것을 안다."

그래서 이슈마엘은 포경선 피쿼드호를 타고 바다로 나감으로써 육지에서 상처받았던 그의 '11월 영혼'은 완전히 치유된다. 콘래드의 〈은밀한 동거자〉에서는 경험 없는 겁쟁이 풋내기 선장이 자기 배에 몰래 숨어들어 온 탈주자를 구하는 과정에서 자신만만하고 용감한 선장으로 다시 태어난다. 그런가 하면

버지니아 울프의 《등대로》의 마지막 장면에서는 캔버스에 옅은 녹색과 푸른색을 섞어 바다를 그리던 릴리가 마침내 그림을 완성하고 붓을 놓으며 새로운 '삶의 비전'을 찾는다.《젊은 예술가의 초상》에 나오는 스티븐 디덜러스는 바닷가에서 하늘색 스커트를 입은 소녀를 보고 그에게서 흰색 비둘기의 모습을 떠올리며 예술가로서의 소명을 깨닫는다.

암울한 '11월 영혼'을 치유하는 바다, 용감한 사람으로 다시 태어나게 하는 바다, 삶의 비전을 주는 바다, 길 잃은 자에게 새로운 소명을 주는 바다, 그런 바다를 내가 처음 본 것은 유학차 미국으로 가는 비행기 안에서였다. 난생처음 집을 떠나는 충격과 슬픔 속에서도 나는 뉴욕행 비행기가 육지를 벗어나자마자, 열심히 아래를 내려다보았다.

그러나 거대한 뭉게구름과 안개 사이로 감질나게 보이는 그 바다는 아무런 형태도 색깔도 없었다.

뉴욕에 도착한 바로 다음 날, 당시 그곳에 살고 있던 오빠가 제일 가고 싶은 곳을 물었을 때, 나는 자유의 여신상도, 엠파이어 스테이트 빌딩도 아닌, "바다!"라고 대답했다.

그때 오빠가 날 데리고 간 바다가 정확히 어디였는지는 모른다. 뉴욕에서 한두 시간가량 차를 몰고 롱아일랜드 쪽으로 가

자, 하얀 모래사장 건너편으로 바다가 보였다.

하지만 실망했다. 그 바다는 내가 꿈꾸어 왔던 상상 속의 바다와는 너무 거리가 멀었다. 뜨겁게 빛나는 태양에 반사되어 새파란 색깔을 띠고 있었고, 눈부신 백사장 위로는 사람 키만 한 시꺼먼 해초가 여기저기 널브러져 있었다. 내 꿈속에 있는 바다가 신비의 옷을 벗어 버린 듯, 진청색, 백색, 검은색으로 선명하게 선이 그어진 그 바다는 너무 적나라하고, 너무 강렬하게 빛났다.

돌아오는 차 안에서 나는 앙드레 지드의 〈전원 교향악〉에 나오는 눈먼 소녀를 생각했다. 앞을 못 볼 때는 아름다운 이 세상의 모습을 상상하다가 눈을 떠 이 세상을 보고 난 후, 눈 뜨기 전을 그리워한다는…….

그러고 나서 20년이 흘렀고, 나는 다시 바다를 보았다. 일 년에 한두 번씩 미국 가는 비행기에서 내려다본 것 외에는 롱아일랜드 바다 이후 한 번도 정식으로 바다에 가 본 적이 없었다. 가끔 바다가 나오는 소설을 가르칠 때나 영화에 나오는 바다를 볼 때면 언뜻언뜻 어린 시절 내 기억의 사진 속에 있는 바다가 떠오르고, 그런 바다를 한번 찾아 나서고픈 생각이 들기도 했다.

그러나 꿈도 오래 가지고 있으면 타성이 되는지, '꼭 이루고 싶다'는 간절함보다는 '이제껏 못 이룬 꿈이 지금이라고 해서 이루어지겠는가' 하는 포기 내지는 '안 이루어져도 그만이지' 하는 오기까지 곁들여, 그저 바쁜 일상 밑에 깔려 있는 무덤덤한 바람이 되고 말았다.

그러다가 어제 본 동해의 겨울 바다―그것은 그런 포기도, 오기도 후회하게 만들었다. 끝없이 펼쳐진 연녹색 바다, 그 위로 날개를 펴고 앉는 바닷새 같은 흰 포말들, 분홍빛 저녁놀이 번져 가는 수평선 위로 점점이 반짝이는 오징어잡이 배들, 그리고 저 멀리 짧고 가느다란 세로줄 하나, 등대.

그것은 바로 어린 시절 내 꿈의 화랑에 제일 크게, 그리고 제일 가운데 자리 잡은 바다 풍경 그대로였다. 그것은 스티븐 디덜러스가 '하나의 세계, 한 줄기 빛, 한 송이 꽃'의 환영을 보고 새로운 희망을 찾는 바다였고, 릴리가 푸른색과 녹색이 어우러진 추상화 중앙에 희고 짧은 선 하나를 긋고는 완벽한 통일과 조화의 비전을 얻는, 바로 그 바다였다.

조지프 콘래드의 〈로드 짐〉에서 현자賢者로 등장하는 스타인은 "꿈에 빠지는 사람은 바다에 빠지는 것이다"라고 말한다. 바다는 언제나 크고, 아름답고, 위험하고, 신비하다. 그리고 그것은 꿈의 속성이기도 하다.

지금 바로 이 순간에도 나는 아름답고 위험한 꿈을 꾸고 있다. 꼭 사흘만, 아니 꼭 이틀만, 아니 꼭 하루만이라도 학교에 가지 않고, 아무도 내게 전화하지 않고, 아무 약속이나 회의도 없고, 읽고 고쳐 줘야 할 학생들 페이퍼도 없고, 마감일 다가오는 원고도 없고, 이렇게 그냥 앉아 있을 수 있다면…….

가만히 눈을 감고 어제 본 바다를 떠올리면서 나도 이슈마엘처럼 자살 충동을 치유하고, 이름 없는 젊은 선장처럼 용감한 사람이 되고, 스티븐 디덜러스처럼 남은 인생의 소명을 깨닫고, 릴리처럼 나의 혼탁한 인생 추상화에 구심점을 찾을 수 있었으면…….

그때 나의 상념을 비웃듯 '따르르릉' 전화벨이 울린다.

실패 없는 시험

겨울 방학은 언제나 '방학'이라는 말이 무색할 정도로 눈코 뜰 새 없이 바쁘다. 가을 학기가 대략 12월 중순쯤 끝나면 줄줄이 논문 심사가 있고, 논문 심사가 끝나면 곧 입학시험의 연속이다. 특별 전형, 일반 전형, 일반 대학원 시험, 특수 대학원 시험, 편입 시험 등 시험이 꼬리에 꼬리를 물어 하루도 편히 집에 앉아 있는 날이 없다.

시험 때마다 보통 출제나 채점, 감독, 면접 등을 하는데, 그중에서 출제나 채점은 학생들과 무관하게 이루어지지만, 감독이나 면접은 교수들이 직접 응시자들 앞에 나서야 한다.

어떤 이유에서인지는 모르지만 그때마다 학교에서는 '감독 교수'나 '면접 교수'라는 꼬리표를 가슴에 달게 하는데, 그걸 달고 복도를 걸을 때마다 나를(아니, 그 꼬리표를) 보는 학생들의 눈초리는 그야말로 경외 그 자체다.

자신들의 운명이 바로 내 손에 달려 있다는 듯 다소곳이 눈을 내리깔고 모든 정성을 다해 인사하는 것은 물론, 내가 목발을 휘저으며 걸으면 앞에 있는 모든 문이 자동문처럼 척척 열리고 하다못해 화장실까지 따라와 뒤에서 문을 조심스럽게 열어 준다.

솔직히 말해 그건 꽤 괜찮은 기분이다. 그러나 뒷간 갈 때와 올 때의 마음 다른 것이 인지상정인지라, 그 학생들이 일단 시험만 끝내면 언제 그랬냐는 듯 돌변한다. 문을 열어 주려니 믿고 뒤쫓아 가다가 그대로 코 깰 뻔한 적도 여러 번이다. 어디 그뿐인가, 내가 어렵사리 문을 열면 그 사이로 빠져나가는 학생들도 있었다.

그러니 꼬리표 하나 때문에 그렇게 후한 대접을 받을 때마다 학생들, 아니 인간들의 간사한 마음에 슬며시 웃음도 나지만 그럼에도 불구하고 그 임시 자동문 사이로 마치 아무렇지도 않다는 듯, 당연히 그런 대접을 받을 자격이 있다는 듯, 턱을 쳐들고 걸어가는 내 모습 또한 참으로 어쭙잖다.

내가 언제부터 시험을 치르지 않고 이렇게 관리하는 입장이 되었는가 스스로 믿기 어렵고, 내가 평가서에 표시하는 '상 중 하'가 학생들의 운명을 갈라놓을 수 있다고 생각하면, 와락 겁이 나기도 한다.

나폴레옹의 여동생 엘리자 보나파르트는 재미있는 유언으로 유명하다. "이 세상에서 확실한 것은 두 가지밖에 없다―그것은 죽음과 세금이다." 그러나 그건 18세기 이야기이고, 세월이 많이 흘렀으니 그 말을 시대에 맞게 바꿔 본다면 "이 세상에서 확실한 것은 두 가지밖에 없다―그것은 죽음과 시험이다"쯤 될 것 같다.

요즘 세상에 세금이 가장 불확실한 것 가운데 하나가 된 것이, 어떤 사람들은 요리조리 피해 다니며 세금 내지 않고도 잘만 살고, 또 어떤 사람들은 전혀 모르고 지내다가 뒤통수 얻어맞기 일쑤이기 때문이다. 그러나 내 생각에 세금 잘 피해 다니는 그 사람들도 아마 이제껏 이런저런 형태의 시험은 피하지 못했을 것이다.

내 인생도 돌이켜 보면 시험의 연속이었다. 나는 불행하게도 중학교 때부터 대학 때까지 입학시험이란 입학시험은 모조리 치른 세대에 속한다. 요새는 입시 하면 보통 대학 입시를 말하지만 그때는 오히려 중학교 입학시험의 스트레스가 제일 심해서 초등학교 때 이미 지독한 '입시 지옥'을 치렀다.

그래서 지금도 초등학교 시절을 돌아보면 모든 기억이 거의 시험에 연관된 것이다. 누가 전교 1등을 했고, 어떤 학원이 잘 가르치고, 어떤 전과(참고서)가 제일 좋다는 등 우리들의 화제는 항상 비슷했다. 슬픈 일이지만 그때의 친구들 역시 순전히 시험 성적에 연관되어 기억이 나는 것이다.

지난번에는 어렸을 적 친구 하나가 전화를 해서 명순이라는 친구에 대해 이야기하는데 통 누구인지 생각이 나질 않았다. 그러다가 친구가 "왜 걔 있잖아, 공부를 지지리 못해서 시험만 보면 꽁찌 해서 매 맞던 애 말이야" 하는 말과 동시에 선생님께 손바닥 맞고 찡그리며 들어오던 명순이의 얼굴이 번뜩 생각났다.

그렇게 수없이 치른 시험 중에서 가장 인상에 남는 시험은 중학교 입학시험이다. 당연히 다른 학생들과 마찬가지로 공부해서 내 성적에 걸맞은 중학교의 입학 고사를 치르는 것이었지만, 당시의 중학교들은 나의 신체적 장애를 이유로 응시하는 것조차 허락하지 않았다. 성적은 꽤 좋았으므로 아버지께서 몇 몇 중학교를 찾아다니면서 시험을 보게 해 달라고 사정하셨지만, 그때마다 번번이 '예의 바르게' 거절당하곤 하셨다.

하지만 아버지가 서울사범대학 교수로 계셨기 때문에 서울 사대부속중학교 교장의 개인적 배려로 시험을 칠 수 있었다. 단 체력장을 면제해 줄 수 없다는 조건이었다.

당시 '일류'에 속하던 그 학교의 소위 말하는 '커트라인'은 -4개였고, 체력장에서 기본 점수밖에 받을 수 없는 나는 아예 처음부터 4점을 까먹고 들어가야 했다. 그것은 학과 시험에서 한 문제라도 틀리면 불합격된다는 것을 의미했다.

그것은 내게 사활의 문제였다. 부모님은 아무 말씀도 안 하셨지만 어린 마음에도 본능적으로 내가 살 수 있는 길은 오직 한 가지, 학과에서 만점을 받아야 한다는 것을 알고 있었다. 한 문제라도 틀리면 시험에 떨어지고, 그래서 중학교·고등학교를 못 가면 내 인생은 끝장이라는 지독한 강박감에 1년 내내 시달렸다.

거의 자지도 먹지도 않고 공부에만 매달렸고, 입학시험을 볼 즈음에는 너무 말라 턱이 주삿바늘처럼 뾰족하다 해서 얻은 별명이 '주사턱'이었다. 그때 입학 원서에 붙였던 사진을 보면 지금의 내 엄지손가락만 한 얼굴에 겁에 질린 커다란 눈만 덩그러니 매달려 있는 모습이 무척 애처롭다.

그렇게 필사적으로 공부하다 보니 이상한 증세까지 생겼다. 공부하다가 몰랐던 사실이나 정답을 알 수 없는 문제가 나오면 가슴이 철렁 내려앉고 마치 당장 발사 명령을 받은 저격수 앞에 선 듯, 경악과 절망감이 덮치곤 했다.

이렇듯 어린 시절의 시험 공포증이 얼마나 강하게 기억에 남았던지 지금도 가끔 시험 보는 꿈을 꾼다. 그 꿈에서 나는 초등학교 6학년 시절로 돌아가 시험을 보는데, 항상 어려운 문제에 대한 답을 몰라 쩔쩔매다가 식은땀을 흘리며 깨곤 한다.

초등학교 이후에도 우여곡절이 많았던 나의 길고 긴 '시험 경력'은 약 17년 전 박사 과정 종합 시험, 아니 그 후에 치렀던 운전면허 시험과 함께 끝났다.

이제는 오히려 시험을 관리하는 입장이 되어 적어도 일주일에 한두 번은 학생들에게 시험을 치르게 하고 주말이면 어김없이 산더미 같은 시험지를 채점하면서 시간을 보낸다.

재미있는 것은 이제는 응시자로서가 아니라 채점자로서 나의 시험관이 달라졌다는 것이다. 내가 그렇게 끔찍이 싫어하던 시험이지만, 제대로만 만들면 시험이라는 것도 학생의 능력과 노력을 가늠하는 데 꽤 그럴듯한 척도가 된다는 것이다. 가르치기 시작한 지 올해로 15년째인데, 지금은 시험 답안지를 보면 그 학생이 어떤 식으로 얼마큼의 시간을 들여 공부했는지, 더 나아가 그 학생의 장단점까지도 대충 짐작할 수 있다.

그러면 나의 시험 경력은 정말 끝났는가? 적어도 감독관 앞에서 시험지를 앞에 두고 전전긍긍하며 문제를 풀고 답을 쓰는 시험은 끝났는지 모른다. 그러나 여전히 나는 하루에도 몇 번씩 '시험'을 치른다. 무엇이 옳고 그른지, 어떻게 하는 것이 나를 위해, 그리고 다른 사람들을 위해 올바른 결정인지, 지금 하고 있는 내 행동의 궁극적인 목적은 무엇이며 그것을 해결할 수 있는 방법은 무엇인지 등 "어떻게 '정답'을 찾는가?"는 매일매일의 화두이다.

그런 문제에 봉착하고 확실한 답을 찾지 못할 때면 나는 막다른 골목에 서 있는 것 같은 초등학교 6학년 때의 절망감을 다시 느낀다. 그러나 그때와 다른 점이 있다면 그때는 교과서나 참고서에서 정답을 찾거나 선생님에게서 명쾌하게 답을 구할 수 있었지만, 지금은 그 누구도 내게 속 시원한 답을 주지 못한다는 것이다.

어쩌면 우리 삶 자체가 시험인지 모른다. 우리 모두 삶이라는 시험지를 앞에 두고 정답을 찾으려고 애쓴다. 그것은 용기의 시험이고, 인내와 사랑의 시험이다. 그리고 어떻게 시험을 보고 얼마만큼의 성적을 내는가는 우리들의 몫이다.

＊ 독자들이 혹시 내 중학교 입학시험 결과를 궁금해할까 봐 덧붙인다. 나는 그때 자연 시험에서 한 문제를 틀렸었다. 워낙 유명한 사건이어서 지금도 많은 사람들이 기억하고 있을 텐데, 당시 온 나라를 떠들썩하게 했던 '무즙과 디아스타아제' 사건이 바로 그때 있었다. 무즙 속에 디아스타아제 성분이 가장 많이 들어 있기 때문에 많은 학생들이 무즙을 답으로 썼지만, 학부형들의 반발에도 불구하고 교육부는 '디아스타아제'만을 정답으로 인정했다. 그러므로 무즙이라고 답을 쓴 나도 자연에서 한 문제 틀린 셈이 되었다. 그러나 기적적으로 그해 서울사대부중의 합격선은 다른 해보다 하나 낮은 −5였고, 그래서 아슬아슬한 점수로 중학교에 입학할 수 있었다.

지금도 나는 가끔 생각한다. 우리에게 인생의 시험을 주는 이가 그 누구든, 어떤 문제를 내더라도 절대로 우리가 실패하기를 원치 않는다고…….

겉과 속

　이번 스승의 날에 학생들이 준 선물 가운데는 색색의 향기로운 비누공이 예쁘게 포장된 거품 목욕 용품이 네댓 개나 있었다. 내게는 별로 쓸데가 없는 물건들인지라 전에 받은 비슷한 종류의 선물 몇 개와 합쳐 동생에게 주었다.

　주면서 무심코 "학생들이 왜 이런 목욕 용품을 선물하는지 모르겠다"고 하니 동생이 하는 말 "아마 언니가 그런 목욕을 하는 줄 아나 보지." 무심히 들었지만 가만히 생각해 보니 그 말에는 분명 '어림 반 푼어치도 없다'는 의미가 숨어 있다.

　사실, 내가 거품 목욕을 한다는 것은, 그러니까 영화 속에서 보는 것처럼 김이 모락모락 나는 욕조에 한가로이 들어앉아 이리저리 거품을 불어 가며 여유를 만끽한다는 것은 얼토당토않다.

말이 나왔으니 말이지만, 학생들이 보는 나, 즉 겉으로 보이는 나와 실제의 나 사이에는 큰 차이가 있는 듯하다. 워낙 기동력이 없어 천천히 걷는 데다가, 이 나이에 사는 게 딱히 슬플 것도 즐거울 것도 없지만 기왕이면 웃자 싶어 대충 웃고 다니다 보니 다른 이들이 보기에는 시간적으로 꽤 여유로운 생활을 하는 듯 보일 수도 있다.

그러나 강의 준비하랴, 학생들 페이퍼 읽으랴, 없는 글재주에 여기저기 들어오는 청탁은 거절 못 하고 덥석 쓰겠다고 했으니 원고 마감 시간 맞추랴, 회의는 또 왜 그리 많은지, 게다가 요새는 교수도 업적제이므로 직업 떨려 나지 않으려면 논문도 많이 써야 한다. 그러니 우아하고 향기로운 거품 목욕은 고사하고 5분짜리 샤워도 거르고 잠자기 바쁘다.

그뿐인가. 선생으로서의 '겉과 속'도 한심할 정도로 다르다. 학생들에게는 작품 읽지 않고 들어오면 알아서 하라는 식으로 으름장을 놓지만, 정작 나는 이전에 여러 번 읽은 것만 믿고 그냥 들어갔다가 주인공 이름이 떠오르지 않아 당황한 적도 있다.

또 걸핏하면 원고 마감 시간을 지키지 못해 독촉 전화를 받으면서도 학생들이 페이퍼를 늦게 내면 야단치고 점수까지 깎는다. 학생들 앞에서는 '진도 못 나가 큰일났다'고 안타까워하지만, 은근히 다음 휴일이 내 수업과 겹치기를 바라면서 열심히 달력을 본다.

그렇다면 신자로서의 '겉과 속'은 어떠한가. 미사 참석 안 하면 괜히 께름칙하여 가능하면 주일 미사는 빼먹지 않고(그것도 서강대학교 이냐시오 성당의 그 많은 층계를 올라가며), 책상 위에는 항상 성경이 놓여 있고, 가방 속에는 묵주가, 차 안에는 작은 성모상이 있고, 가끔은 주보에 글을 쓰기도 하니 적어도 겉으로 보기에는 열렬한 신자임에 틀림없다.

그러나 걸핏하면 기도하다 잠들기 일쑤고(그래도 어머니는 기도하다 잠들면 나머지는 수호천사가 해 주니 안 하는 것보다 백번 낫다고 위로하시지만), 성경을 읽으려고 손을 뻗치다 슬쩍 옆에 있는 소설책을 집어 들고, 하느님한테 사랑받기보다는 사람들에게 사랑받기를 원하고, 사람과의 약속은 꼭 지키면서 하느님과의 약속은 차일피일 미루고…… 속으로는 참으로 한심하기 짝이 없는 신자이다.

세례식이 있을 때마다 나의 겉모습만 보고 많은 학생들이 대모를 서 달라고 오지만, 나락으로 떨어지려는 내 영혼 붙잡고 늘어지기도 바쁜데 어찌 그들의 순수한 영혼을 책임진단 말인가?

어제는 미사를 마치고 나오는데 성당 마당에 책 판매대가 차려져 있었다. 신부님이 직접 그 앞에 서 계시니 예의상 전시된 책들을 훑어보지 않을 수 없었다. 그중《앗핫핫 하느님! : 가톨릭 유머 모음집》이라는 책이 눈에 띄어 막 집으려는데, 내 직업을 아시는 신부님이 "가톨릭 지성인이면 이런 잡지를 구독해야 한다"고 하시며 〈사목〉이라는 잡지를 코앞에 내미신다.

할 수 없이 구독 신청을 하고 와서 책을 들춰보니 '속지적 본당 사목구 패러다임의 미래', '담론을 위한 문화의 최소 정의' 등등 제목만 봐도 골치가 지끈거린다.

괜히 진짜 '가톨릭 지성인'인 척했다 싶고, 그냥 체면 불구하고《앗핫핫 하느님!》을 가져올걸 하고 후회막급이다.

조금 전에 나는 호기심으로 초시계를 들고 '주님의 기도'와 '성모송'을 각기 영어와 우리말로 외우며 시간을 재어 보았다. '주님의 기도'는 영어 쪽이 3초 빠르고, '성모송'은 우리말이 3초

빨랐다.

그래서 이제 묵주 기도 할 때 '주님의 기도'는 영어로, '성모송'은 우리말로 바쳐야지, 하고 생각하는데, 어디선가 주님이 '정말 못 말리네' 하시며 '앗핫핫' 하고 크게 웃으신다.

아마 겉과 속이 다른 이 얄량한 딸을 또 용서하고 기다리시려는 모양이다.

어느 가작 인생의 봄

참으로 화창하고 아름다운 봄날이다. 소나기처럼 부서져 내리는 햇살 속에서 하늘도, 산도, 저 멀리 언덕 위의 작은 상자갑 같은 집들도, 길모퉁이에 선 나무들까지 모두 금테를 둘렀다. 향기로운 미풍 속에서 나는 희망과 재생의 계절, 봄의 냄새를 맡는다.

오늘 아침 버지니아 울프의 전기를 읽다가 오늘이 그녀가 죽은 지 59주년이 되는 날이라는 것을 알았다. 오늘같이 화창한 봄날, 울프는 남편에게 산책을 다녀오겠다는 짧은 글을 남기고 밖으로 나가 지팡이와 모자를 강가에 두고 호주머니에 돌멩이를 잔뜩 집어넣은 채 강물로 뛰어들었다.

오늘같이 아름다운 봄날에 스스로 삶을 마감한 우리나라 시인도 있다. 〈봄은 고양이로다〉를 쓴 이장희는 청산가리를 먹고 자살했는데, 숨이 넘어가기 전 그의 아버지는 지독한 고통으로 몸부림치고 있는 아들을 발견했다. 당황한 아버지는 독을 씻어내기 위해 숟가락으로 아들의 입을 열려고 안간힘을 썼지만 이장희는 악착같이 이를 악물고 끝내 죽음을 택했다.

또 이렇게 눈부신 봄날이면 간혹 이제는 이 세상에 없는 친구 하나가 생각난다.

은미는 고등학교 때 친구였는데 글솜씨가 뛰어나 교내는 물론, 전국 백일장에 참석해 한 번도 빠짐없이 상을 받았다. 은미와 나는 가끔 시와 산문 대표로 나가기도 했는데 나는 그저 어쩌다 운 좋으면 은상, 대부분은 가작 정도를 받는 것이 고작이었지만, 은미는 금상이나 대상을 도맡아 차지하곤 했었다.

어느 봄날 교정의 벚꽃나무 밑 벤치에 앉아 은미가 불쑥 물었다.

"가장 아름답게 죽는 방법이 무엇일까?"

예기치 않은 질문에 놀라 나는 그저 "무슨 말이니?" 하고 되물었다.

"어디선가 읽었는데 백합 수천 송이를 방에 두면 백합의 강렬한 향기에 취해, 그 독한 향기로 서서히 죽어 간대. 멋있지 않니?"

그제나 이제나 퉁명스럽고 직선적인 성격인 내 대답이 어땠는지 아직도 기억한다.

"얘, 죽는 건 죽는 거야. 백합 냄새로 죽나 연탄가스로 죽나 죽는 것은 매한가지지 뭐가 달라?"

그 후 은미와 나는 서로 다른 대학에 진학하였고, 그녀는 국문학을, 나는 영문학을 전공했다. 자연히 우리는 서로 자주 보지 못했지만, 나는 그녀가 문예지의 추천을 받아 정식으로 문단에 데뷔했다는 소식을 들었다.

대학 2학년이 되던 어느 봄날, 나는 그녀에게서 엽서를 받았다. '꽃 구경 가자, 영희야'로 시작하는 짧은 안부 편지였다.

얼마 후 내가 전화했을 때, 은미 어머니는 울먹이면서 며칠 전 은미가 뜨거운 물을 뒤집어쓰고 자살했다는 소식을 전했다.

남들은 새로운 생명의 도래를 찬미하는 이 아름다운 계절에 그들은 왜 죽음을 택했을까. 그들의 날카로운 눈에 어둡고 구석진 곳까지도 샅샅이 비추어 드러내 보이는 저 밝은 태양이 견디기 힘들었던 것일까. 아니면 흐드러지게 핀 꽃들의 아름다움 속에서 더욱 두드러지는 이 세상의 추함에 절망했던 것일까. 저 투명하도록 푸른 하늘이, 향기로운 바람이, 사람들의 밝은 미소가 그들이 꿈꾸는 천상의 행복을 앞당기게 했을까.

그렇다 해도 그토록 허무하게 스스로의 생명을 끝내야 했을까? 신이 주신 그 탁월한 재능으로 인간의 영혼을 구제하고, 이 세상을 좀 더 아름다운 곳으로 만들 수는 없었을까?

어쩌면 우리들은 모두 '삶'이라는 책의 작가들이다. 프랑스 작가 조르주 상드는 "삶이라는 책에서 한 페이지만 찢어 낼 수는 없다"고 했다. 그렇지만 한 페이지만 찢어 내지 못한다고 해서 책 전체를 불살라야만 하는가? 우리들 각자가 저자인 삶의 책에는 절망과 좌절, 고뇌로 가득 찬 페이지가 있지만 분명히 기쁨과 행복, 그리고 가슴 설레는 꿈이 담긴 페이지도 있을 것이다.

나는 결코 은미와 같은 재능을 타고나지 못했고, 아무리 기를 쓰고 노력해도 울프나 이장희같이 훌륭한 작가가 될 수 없음을 잘 알고 있다. 하지만 이제껏 그랬던 것처럼 나는 앞으로도 매일매일 내가 읽는 훌륭한 작가들의 재능을 부러워하고 나의 무능을 한탄하며 영원한 '가작 인생'으로 남을 것이다.

나는 회색빛의 암울한 겨울을 견뎌 내고 고개 내미는 새싹에서 희망을 배운다. 찬란하게 빛나는 저 태양에서 삶에 대한 열정을 배운다. 화려한 꽃향기를 담은 바람에서 삶의 희열을 배운다.

　백합 향기에 취해 죽기보다는 일상의 땀 내음 속에서 살고 싶기 때문이다.

더 큰 세상으로

1994년 7월 17일, 레비 혜성이 목성과 충돌하여 목성 아래쪽에 지구 반만 한 크기의 구멍이 뚫렸다. 금세기 최대의 우주적 사건이 일어난 그날, 나의 우주에도 구멍이 뚫렸다. 아니, 송두리째 사라져 버렸다. 유난히도 무덥던 그해 여름 속초로 휴가를 떠나셨던 아버지가 수영하시다가 심장 마비로 사고를 당하신 것이다.

다음 날 일간 신문에는 서울대 명예 교수, 한국 영문학의 역사, 번역 문학의 태두 장왕록 박사가 타계했다는 기사가 실렸다. 한 사람의 인생을 요약하기에 꽤 화려하고 인상적인 타이

틀이었지만, 내 마음속에 남아 있는 '아버지'라는 단어 석 자만큼 위대하고 화려한 타이틀은 없을 것이다.

그해 여름 아버지와 나는 《바람과 함께 사라지다Gone with the wind》의 속편인 《스칼렛Scarlett》의 공역을 끝내고 고등학교 영어 교과서를 공동 집필하고 있었다. 돌아가시기 두 시간 전쯤 아버지는 속초 시내에서 전화를 하시면서 다음 날 서울에 도착하시는 대로 직접 출판사로 오시겠다고 말씀하셨다.

"그래, 그럼 내일 3시에 출판사에서 만나자. 같이 11과 작업하자"라고 하시던 말씀은 아직도 내 귀에서 생생히 메아리치는 아버지의 마지막 유언이 되어 버렸다.

아버지와 나는 부녀지간이라는 혈연 관계 외에도 스승과 제자, 같은 전공과 직업을 가진 동료, 공저자·공역자라는 사회적 관계도 아울러 가지고 있다. 그 관계가 어느 정도인가 하면 서울사대부속중고등학교(당시 아버지는 서울사대 교수로 재직 중이셨다)와 서강대를 거쳐 유학을 마칠 때까지, 아니, 사실은 지금까지도 개인 장영희보다는 '장왕록의 딸'로 소개되는 경우가 더 많다. 학교 다닐 때는 그것이 든든한 '빽'임과 동시에 '장왕록의 딸'의 기대치에 부응해야 하는 버거운 짐이기도 했다.

유학을 가면서 해방감에 들뜨기도 했는데 당시 뉴욕 주립 대학 영문과 과장 거버 박사가, 내가 한국에서 왔다는 말을 듣자마자 "너 서울대학교 장왕록 교수 아니?" 하고 물어서 나를 아연실색케 했다.

나중에 알고 보니 아버지가 아이오와 대학 다니실 때 스승이셨다고 한다.

여섯 남매 중 모습으로나 성격으로 아버지를 제일 많이 닮았다는 나. 첫돌을 며칠 앞둔 어느 날 밤, 고열에 시달리는 나를 달래시는 어머니 옆에서 아버지는 갑자기 무슨 생각이 드셨는지 벌떡 일어나시며 "아, 소아마비!"라고 외마디 소리를 지르셨다고 한다. 그 순간부터 나와 아버지는 그 어느 부녀보다도 더욱더 끈질긴 운명의 동아줄로 꽁꽁 묶여 버렸는지도 모른다.

내가 여섯 살 되던 해 아버지는 내 인생에 있어 중요한 결정을 내리셔야 했다. 일반 초등학교에 보내야 할지 아니면 재활원 부속의 특수 학교에 보내야 할지를 결정해야 했던 것이다.

결국 아버지는 만만치 않은 재정적 부담에도 불구하고 내가 지속적으로 물리 치료를 받고 좀 더 나은 환경에서 교육받을 수 있도록, 아니 아마 그보다 더욱 중요한 이유는 일반 학교에 가서 혹시라도 다른 아이들의 놀림거리라도 되지 않을까 싶은 염려에 나를 연세대 재활원의 특수 학교에 맡기기로 하셨다.

재활원 기숙사로 떠나던 날 아침을 지금도 선명하게 기억한다. 어머니는 내가 좋아하는 삶은 달걀 네 개를 손수건에 싸서 핸드백에 넣으셨고, 우리 세 식구는 택시를 타고 당시 가회동에 있던 우리 집에서 신촌으로 향했다.

나는 그저 엄마 아버지와 함께 간다는 것이, 다른 형제들을 제치고 나만 누리는 특권인 듯싶어 의기양양했고 마냥 즐겁기만 했다. 나의 들뜬 분위기를 부추기기라도 하듯이 재활원으로 통하는 세브란스 병원 정원에는 화사한 봄 햇살 속에 개나리가 흐드러지게 피어 있었다.

나는 아버지가 '닥터 로스'라고 부르는, 아주 덩치가 큰 미국인 의사에게 진단을 받은 후 곧 어머니의 등에 업혀 신체장애 아동들이 수용되어 있는 방으로 안내되어 갔다.

방에 들어서는 순간 휠체어에 타거나 목발을 짚은 수십 개의 눈이 일제히 내게 쏠렸고, 어머니는 나를 내려 휠체어에 앉히셨다. 어머니가 천천히 손수건에 싼 삶은 달걀들을 꺼내어 내 무릎에 놓으시는 동안 나는 아버지를 쳐다보았고, 아버지는 나의 눈을 피하셨다.

그제야 내가 나의 인생에 있어 중대한 갈림길에 서 있다는 것을 깨달았다. 기숙사 생활과 단체 생활이 필수 조건으로 되어 있는 그곳에서는 식구들의 면회도 한 달에 한 번, 게다가 집으로 갈 수 있는 것도 겨우 일 년에 몇 번만 허용되었다. 순간 나는 필사적으로 악을 쓰며 울기 시작했고, 결국 부모님은 차마 나를 떼어 놓지 못하고 다시 집으로 가는 택시에 태우셨다.

"아버지, 아까 그 닥터 로스 구두 봤어?"

택시 안에서 어머니가 까 주시는 삶은 달걀을 먹으면서 나는 물었다.

"아니, 왜?"

"구두가 얼마나 큰지 물에 띄우면 내가 탈 수 있는 보트만 해."

그때 아버지는 크게 소리 내어 웃으시면서 어머니께 말씀하셨다.

"여보, 우리 영희는 문학 공부를 시켜야겠어. 이런 아이는 특수 학교 말고 일반 학교에 넣어 여러 아이들과 함께 경쟁시켜야 해. 더 큰 세상을 보여 줘야 해. 그래서 크면 내 뒤를 잇게 해야지."

혼잣말처럼 하신 그 말씀은 마치 신탁처럼 내 인생의 길잡이가 되었고, 아버지는 그때부터 나의 '일반 학교 진학'에 필사적인 노력을 쏟으셨다. 당시만 해도 학교에서는 원칙적으로 장애

학생은 받아 주지 않았기 때문에 내가 상급 학교에 입학할 때마다 아버지는 노심초사 교장실을 찾아가 간청하셔야 했다.

그러나 결국 아버지는 나를 '더 큰 세상'으로 안내하셨고, 내가 더 많은 사람들을 만나고 더욱 다양한 삶을 보고, 더욱 큰 꿈을 성취하며 살아갈 수 있도록 나의 영원한 방파제가 되셨다.

아버지에 대한 나의 기억은 몇 가지 두드러진 이미지로 요약된다 — 언제나 책상에 앉아 무엇인가 열심히 읽고 쓰시던 모습, 선량하고 장난기마저 감도는 웃음 띤 얼굴, 전화를 통해 들려오는 낭랑한 목소리, '걷고 또 걷는다'는 뜻의 우보又步라는 아호에 걸맞게 호리호리한 몸매에 가볍고 빠르게 걸으시던 모습. 지금도 나는 하루에도 몇 번씩 길에서 손때 묻은 책가방을 들고 팔랑팔랑 가볍게 어디론가 바쁘게 걸어가시는 아버지의 뒷모습을 본다.

아버지가 가시고 나서 한참 후에야 올라가 본 아버지의 서재 책상 위에는 여러 가지 번역과 《미국 문학사》 집필 원고 등 아버지가 하시던 몇 가지 작업들의 흔적이 그대로 남아 있었다.

행인지 불행인지 아버지와 출판 계약을 맺었던 출판사들은 나와 재계약하기를 원했고, 그 원고들은 문자 그대로 아버지가 내게 물려주신 것들이 되었다.

아버지의 재기 발랄함과 부지런함을 갖추지 못한 내가 감히 아버지의 일을 그대로 물려받은 것이 힘겹게 느껴지지만, 누가 말했던가. 사랑받는 자는 용감하다고. 사랑받은 기억만으로도 용감할 수 있다고.

나는 아버지가 내게 남겨 주신 이 '큰 세상'에서 용감하게 아버지의 빈자리를 메워 나가며 아버지의 영원한 공역자·공저자로 남을 것이다.

소크라테스와 농부 박 씨

내가 즐겨 보는 텔레비전 프로 중에 〈119 구조대〉라는 것이 있다. 미국에도 〈911〉이라는 흡사한 프로가 있는데, 어떤 위험한 지경에 처한 사람을 소방 구조대가 구하는 과정을 그린 것이다. 실제 일어났던 일을 극화한 것이지만 아주 현실적으로 만들어서, 워낙 어리숙한 나는 곧잘 그것이 재연이라는 것을 잊은 채 마치 바로 지금 내 눈앞에서 벌어지고 있는 일인 양 손에 땀을 쥐며 보곤 한다.

그 이야기의 주인공 가운데는 커다란 주전자 속에 엉덩이가 박혀 빠져나오지 못한 어린이가 있는가 하면, 전깃줄에 걸려 날지 못하는 두루미도 있고, 어쩌다 재래식 변소에 빠진 남자도 있다. 물론 이런 여러 가지 사소하고 기상천외한 위험 외에도 생명을 위협할 정도로 심각한 위험에 처한 사람들의 이야기도 다룬다.

하지만 뭐니 뭐니 해도 내가 이 프로를 좋아하는 이유는 현실과 가장 닮은 드라마이면서도 해피 엔딩이 보장되어 있다는 점이다. 119의 실패 사례를 방영하는 것은 못 봤으니, 일단 프로의 소재가 되는 일화 속에서는 주인공이 아무리 위험한 상황에 처해 있어도 결국은 살아날 것이고, 오히려 지금은 삶과 죽음의 갈림길에서 느끼는 공포를 극복한 사람으로서 "아, 그때는……" 하며 웃으며 말할 수 있다는 것이다.

나는 원래 영화나 소설도 해피 엔딩을 좋아하는데, 현실에서 해피 엔딩을 보는 것은 매우 드문 일인지라 아무리 재연이라해도 기대에 차서 보게 된다.

얼마 전에는 지난해 홍수 때 물에 빠져 거의 죽을 뻔한 박 씨라는 농부의 이야기가 방영되었다. 시내를 건너다가 넘어지면서 바위에 머리를 부딪혀 기절했는데 의식을 차리니 몸은 전혀움직일 수 없고, 물은 불어 점점 가슴 위로 올라오고 있더라는 것이었다.

날은 어두워 오고 머리에서는 계속 피가 흐르고 정신은 아득하고, 이게 바로 죽는 거로구나, 하고 지독한 죽음의 공포를 실감했다. 그야말로 천운으로 인적도 없는 그곳을 누군가 우연히 지나다가 발견하여 119를 부른 것은 다음 날 새벽, 박 씨의 호흡이 거의 멈추고 가사 상태에 있을 때였다.

프로그램이 끝나고 이제는 건강을 되찾아 일상으로 돌아간 농부 박 씨와의 인터뷰가 있었다. 목숨을 건지고 다시 새로운 삶을 살게 된 각오를 말해 보라는 기자의 말에 그는 수줍게 웃으며 밑도 끝도 없이 이렇게 말했다.

"이제 잘 살아야죠."

'잘 산다.' 아주 막연한 표현이었지만 나는 그가 곧 '잘'이라는 부사에 대해 부연 설명을 하리라 생각했다. 어떻게 해서 다시 살아난 목숨인데, 정말로 두 번째 사는 것이나 마찬가지인데, 열심히 일해 더 많이 돈을 벌고 자식 잘 교육시켜 성공시키고 남보다 조금이라도 더 윤택하게, 더 행복하게 살고 싶다고 할 줄 알았다. 그런데 박 씨가 계속해서 하는 말은 예상 밖이었다.

"이제 잘 살려고 해요. 다른 사람에게 해 안 끼치고 말이에요. 저야 배운 것도 없고, 돈도 없는데 다른 사람에게 좋은 일을 할 수 있나요. 제가 할 수 있는 건 그냥 다른 사람에게 해 끼치지 않도록 살려고 노력하는 것뿐이지요."

말하면서 박 씨는 수줍게 웃었다. 그에게 '잘 산다'는 말의 '잘'은 돈을 풍족하게 쓰고 높은 사회적 지위를 차지하는 것과는 무관하게 단지 남에게 해를 끼치지 않게 산다는 것이었다. 내가 이제껏 생각했던 '잘 산다'와는 사뭇 다른 것이었다.

40 평생 험한 세상 살다 보니 전투 근성이 생겨서인지, 내게 있어 '잘 산다'는 의미는 상대적인 개념으로서, 남보다 돈 '더' 많이 벌고 남보다 '더' 높은 자리 차지하고, '더' 대접받는 것이다.

따져 보면 '잘'이라는 말 자체는 추상적인 단어로 '능숙하게' '제대로' '올바르게' '탁월하게'라는 뜻인데, 이상하게도 그 말이 '산다'와 합쳐 '잘 산다'가 되면 우리는 즉각적으로 물질적인 것과 연결시킨다.

그래서 "그 사람 잘 사는 사람이니?"라고 물으면 당연히 금전적으로 여유가 있는 사람이냐는 말이지 '제대로' '참되게' 사는 사람이냐는 뜻으로 받아들여지는 예는 드물다.

박 씨가 한 말—남에게 해를 끼치지 않고 산다—은 어찌 보면 쉬운 일같이 들리지만, 생각해 보면 또 너무나 어려운 일이기도 하다. 살다 보면 직접적으로 육체적·언어적 폭력을 휘둘러 남에게 해를 줄 수 있고, 또 뒤에 숨어 남이 불이익을 당하도록 일을 꾸밀 수도 있고, 아니면 꼭 의도적이 아니더라도 좋은 뜻으로 한 일이 결과적으로는 남에게 해가 되는 일도 있다. 또는 나도 모르게 나보다 더 행복해 보이는 사람을 시샘하고 질투하여 은근히 속으로 그 사람이 잘못되기를 바라는 것도 남에게 해를 끼치는 일이다.

박 씨가 알고 말했을 리는 없지만, '잘 산다'는 것에 대해서는 이미 오래전에 소크라테스도 말한 적이 있다. 그는 "잘 사는 것과 아름답게 사는 것, 의롭게 사는 것은 모두 매한가지Living well and beautifully and justly are all one thing"라고 했다.

물론 아름답고 의롭게 산다는 것도 추상적이고 주관적인 개념이다. 하지만 돈 없고 많이 배우지 못한 농부 박 씨처럼 잘 살아야겠다는 마음, 즉 이 세상에 태어나 남에게 큰 도움은 못 되더라도 적어도 해는 끼치지 말고 살아야겠다는 마음 자체가 기본이 되는지도 모른다.

죽을 때 "내가 정말 한평생 '잘' 살고 가는가?"라는 질문에 자신 있게 대답할 수 있을까 생각해 본다.

하지만 자신이 없다. 이 세상에 해피 엔딩이 별로 없는 것은 나 같은 사람이 많아서인지도 모른다.

톡톡 튀는 여자 마리아

나의 세례명은 마리아이다. 유아 영세를 받았기 때문에 나의 의지와는 전혀 상관없이 얻은 이름이지만 지상에 살았던 가장 아름다운 여인, 지금쯤 천상에서 영원한 모후의 왕관을 쓰고 찬란하게 빛나고 있을 여인의 이름을 가졌다는 것은 영광이 아닐 수 없다.

그런데 사람들은 간혹 내 세례명이 나와 어울리지 않는다고 한다. 어제는 볼일이 있어 강사실에 들어갔는데 마침 세례명 이야기를 하고 있었던지 나의 세례명을 물었다. 마리아라고 대답하자 거기 있던 선생님들이 모두 와르르 웃었다. 그러더니 한 선생님이, "장 선생님같이 씩씩하신 분이……" 하며 말끝을 흐렸다.

또 작년인가 평화방송에 나갈 일이 있었는데 이야기 도중에 내 세례명을 듣자 사회자가 슬며시 웃음을 깨물며 "마리아치고는 아주 톡톡 튀십니다"라고 했다.

우리가 생각하는 마리아는 어떤 여인인가. 지고지순한 순응의 상징, 우리를 위해 하느님께 눈물로 간구하는 눈물의 여왕, 주님을 아들로 섬기며 말없이 뒤에서 지켜보는 헌신적인 어머니. 보통 우리가 보는 성모상이나 성화에서도 마리아는 눈을 다소곳이 내리깔고 조용하고 슬프고 수동적인 모습을 하고 있다.

하지만 내가 성경에서 만난 마리아는 수동적이고 얌전한 눈물의 여왕이 아니었다. 사실 따지고 보면 가브리엘 천사로부터 수태 고지를 받을 때도 마리아는 무조건 "그대로 제게 이루어지소서"라고 하지 않았다. "남자를 모르는데 어떻게?"라는 매우 논리적인 질문을 던졌고, 이에 대해 가브리엘 천사는 장황할 정도로 엘리자베스의 예까지 들어 가며 설명해 주었다.

나는 희랍어나 라틴어를 잘 모르지만 가끔 〈마리아의 노래〉를 영어와 우리말로 비교해 읽어 보는데, 그 느낌이 사뭇 다르게 와닿는다. 존댓말을 사용해서 그런지 몰라도 우리말 속의 마리아는 아주 조신하고 내성적인 느낌을 주는 데 반해 영어 속의 마리아는 강하고 직설적이다.

어휘 선택도 무척 재미있다. '천박하고lowly', '잘난 척하는 자들을 흐트리시고scattered the proud', '힘센 자들을 내리누르시고put down the mighty', '배고픈 자들의 배를 채우시고filled the hungry' 등의 표현들은 소위 우리가 말하는 '여성적'인 언어와는 거리가 멀다.

머리끝에서 발끝까지 환희 속에 전율하는 그녀의 강한 목소리는 적극적이고 용감하며, 그야말로 '씩씩하기' 짝이 없다(이에 비해 바로 다음에 나오는 즈가리야의 노래는 노년에 외아들을 얻은 아버지의 찬미라고 볼 수 없을 정도로 밋밋하고 의례적이다).

루가복음 2장을 읽을 때마다 나는 가끔씩 생각해 본다. 사흘 동안 행방불명된 아들을 안타깝게 찾아 헤매다가 겨우 찾으니 미안해하기는커녕 왜 찾았느냐고 항변하는 아들에게 마리아는 어떤 태도를 취했을까? 그냥 말없이 뒤돌아서서 눈물지었을까, 아니면 몰라봐서 미안하다고 사과했을까?

얼마 전 우연히 본 14세기 화가 시모네 마르티니가 그린 〈성전에서 찾은 예수〉라는 그림에는 내가 상상하던 마리아의 표정이 그대로 담겨 있었는데, 시무룩한 표정의 예수 앞에 당당하게 엄격하고 단호한 표정을 지은 마리아가 있고, 모자의 대립(?) 사이에서 난감한 표정을 짓고 어쩔 줄 몰라하고 있는 요셉이 있었다.

마리아는 진정 용기 있고 결단력 있는 여인, 생명 바쳐 하느님의 구원 사업에 협력하는 여인, 그 누구도 하지 못할 일을 씩씩하게 해낼 수 있는 여인이었고, 그런 점에서 그야말로 '톡톡 튀는' 여인이었다.

그렇다면 나는 어떤가? 워낙 고집불통이라 좋고 싫은 게 분명하고, 상대방을 배려하지 않고 아무 말이나 잘 내뱉는 나는 아닌 게 아니라 잡담할 때나 학생들 야단칠 때는 '톡톡 튀는' 경향이 있다. 그러나 정작 '톡톡 튀어야' 하는 경우가 오면 슬슬 피하거나 못 본 척하기 일쑤다.

만약 오늘 밤 가브리엘 천사가 내게 와서 주님을 잉태하라고 한다면 나는 어떤 태도를 취할까. 마리아 시대의 율법에 따르면 혼전 임신은 돌에 맞아 죽는 중죄였다.

그러나 지금은 별로 큰 뉴스거리가 안 됨에도 불구하고, 아마 나는 "남자를 모르는데 어떻게?"라고 묻기도 전에 무조건 "아이고 주님, 전 안 됩니다. 직업이 직업이니만큼" 운운하며 꽁무니를 뺄 것이다. 아니면 학생 추천하던 버릇으로 "제가 가르치는 학생 가운데 이러이러한 애가 있는데……" 하고 야비하게 나올 법도 하다.

또 만에 하나, 얼떨결에 "그대로 제게 이루어지소서"라고 말해 놓고 나서 후에 환희에 찬 노래를 부르기는커녕, 이불 뒤집어쓰고 나의 실수를 자책하며 후회에 후회를 거듭할지도 모른다.

이렇게 진자리 마른자리 골라 가며 하느님 찾는 내가 마리아라니, 참으로 성모님이 통곡하실 일이 아닌가. 5월 성모 성월을 맞아 다시 한번 하느님께 청해 본다.

"주님, 진정 '톡톡 튀는 여자' 마리아를 닮게 하소서. 당신의 말씀을 제대로 알아들을 수 있는 명민함과 지혜, 믿음을 행동으로 옮길 수 있는 용기와 의지, 당신의 현존을 온몸으로 느낄 수 있는 열정과 사랑을 제게 허락하시어 저의 이름에 걸맞은 삶을 살게 하소서."

보통이 최고다

　아무리 생각해도 어렸을 때의 나는 소위 말하는 '천재'였던 것 같다. 초등학교 4학년 때 받은 IQ 검사에서 당시 세계에서 학생 수가 제일 많다는 종암초등학교에서 IQ가 전교 2등으로 153이었고, 공부도 학교에서 손꼽힐 정도로 썩 잘했다.

　적성 검사를 해 보아도 무슨 분야든 적격 판정을 받았다. 그뿐인가, 예술적 재주도 많아서 글짓기 대회에 학교 대표로 나가 상도 타고, 세계아동미술전에 나가 입상해서 신문에 나기도 했다.

　지금 생각하면 지나가는 개가 웃을 일이지만, 심지어는 학교

주최의 작곡 대회에서 무심히 음표 몇 개 그려 놓고 작곡상을 타기도 했다.

한마디로 체육만 빼고는 못하는 것이 없었고, 성적표에는 항상 '머리가 총명하고 다방면에 재능 있음'이라고 적혀 있었다. 그러나 불행하게도 이러한 선천적 재능은 후천적 게으름과 무관심으로 인해 점차 사라져 갔다. 수술을 많이 받다 보니 자연히 전신 마취를 많이 하게 되었고, 전신 마취는 원래 지능 발달에 좋지 않다더니 어른이 될 즈음에는 아마도 IQ가 겨우 두 자릿수 모면할 정도가 된 듯하다.

게다가 지금은 두뇌의 자연적 노쇠 현상과 겹쳐 지난주에 읽은 책의 주인공 이름도 잘 생각이 안 난다.

그림에 관한 관심은 중학교 때까지 지속되다가 시들해졌고, 고등학교 들어가고 이제까지 붓 한번 들어 본 적이 없다. 요새는 누군가 유명한 화가가 그린 그림이라며 보여 줘도 진짜 잘 그린 것인지 아닌지, 또는 무엇을 의미하는지 전혀 알 수 없고, 내 의견을 물어 오면 그저 "공간 처리가 잘 됐다"는 말로 모면할 뿐이다.

음악적인 재능(어차피 이 재능은 선천적으로도 타고나지 못했다고 생각하지만)은 그보다 훨씬 더 먼저 쇠퇴했다. 초등학교 때 동생들이 모두 피아노 레슨을 받는데 오른손을 못 써 포기해야 했을 때에도 어머니는 가슴 아파하셨지만 나는 내심 쾌재를 불렀다.

지금 내가 갖고 있는 유일한 음악적 지식은 그저 높은음자리표와 낮은음자리표가 어떻게 생겼는지 아는 정도이다. 중고등학교 다닐 때도 다른 친구들처럼 클리프 리처드나 엘비스 프레슬리의 노래에 심취하거나 환호한 적도 전혀 없다. 노래를 불러야 하는 자리에서는 슬쩍 꽁무니를 빼는 것은 물론, 2층에서 동생이 오페라를 틀면 듣기 싫어 문을 닫고, 학생들이 주는 그 많은 CD는 뜯어 보지 않는 경우도 많다.

게다가 선천적으로 어느 정도 문재文才를 타고났다면 몇십 년 동안 문학을 공부하면서 그 재능을 갈고닦아 지금쯤 썩 괜찮은 작품 하나 쓸 수 있음 직도 한데, 언제나 남이 써 놓은 작품만 이렇다 저렇다 비판하고 트집만 잡을 뿐, 시나 소설 한번 써 보라고 하면 꼼짝없이 첫 문장부터 막힌다.

또 언어적 문제도 심각하다. 어차피 영어는 중학교 들어가서 처음 배웠으니 한국어가 더 편한 것은 말할 나위 없지만, 전공이 영문학이다 보니 아무래도 영어로 글을 쓰는 일이 많아 언어적으로도 그야말로 죽도 밥도 아닌 어중간한 신세가 되어 버렸다.

완벽한 이중 언어자들이나 통역자들은 머릿속에 언어 채널 두 개가 별도로 있는지 찰칵 돌리기만 하면 두 가지 언어가 술술 잘도 나오는데, 내 머릿속에는 항상 언어의 주파수가 불협화음을 내고 있다. 그래서 우리말을 할 때 걸핏하면 영어 단어가 튀어나오는가 하면, 글을 써도 문장이 주어와 동사를 철칙적으로 찾는 영어식 문장이라는 말을 자주 듣는다.

어쨌거나, 다방면에 뛰어난 '천재'일 수 있었던 내가 이렇게 그저 그런 보통 사람이 된 데는 물론 나의 게으름이 주된 이유이지만, 부모님의 교육 철학도 한몫했다. 부모님은 우리가 자랄 때 한 번도 '공부 열심히 해라'라는 말을 하신 적이 없었다.

오히려 시험 때 밤늦게까지 공부할라치면 아버지는 "너무 열심히 하지 말아라, 몸 상한다"고 하셨고, 어머니도 그저 "무조건 아프지만 않으면 된다. 공부든 뭐든 그저 중간치기만 하면 된다. 보통이 최고다"라고 하시며, 우리의 타고난 '재능'에는 전혀 무관심하셨다.

우리 집에는 딱히 '가훈'이라고 정해 놓은 것이 없었지만 학교에서 가훈을 적어 오라면 그래도 항상 아버지 서재에 붙어 있는 '선내보善內寶(착한 것 속에 보물이 있다)'라는 말을 적어 가곤 했다. 부모님의 교육관은 우리를 '착하고 건강하고, 보통인 사람들로' 키우는 것이었고, 그에 따라 우리 모두 착하고 건강하고 보통으로 잘 자랐다.

그래서 딱히 특별한 취미도 재능도 관심도 없었고 막상 대학에 갈 때 선뜻 선택할 전공이 없었다. 이미 서강대학교에 갈 것은 정해 놓았으므로 전공을 정해야 할 텐데 이거다 싶은 것이 없었다. 구두장이 아들이 맨발 벗고 다닌다고, 항상 가르치는 일이나 번역 일에 바쁘셨던 아버지는 우리에게 개인적으로 영어를 가르치신 적이 없었으므로 영어를 남보다 잘한 것도 아니었다.

그래도 그나마 영어를 끔찍하게 싫어하지는 않으니까, 그리고 아버지 외에 영문학을 전공한 언니와 오빠 덕분에 주변에 책도 많고 주워들은 작가 이름들도 꽤 되니까 그냥 영문학을 택했다. 미칠 듯이 좋아한 작가가 있거나 꼭 연구해 보고 싶은 작가가 있던 것도 아니었다. 단지 특별히 잘하는 것이 없어 특별히 못하지 않는 영문학을 택했을 뿐이었다.

그래서 나는 뛰어나게, 막말로 '화끈하게' 잘하는 것이 하나도 없다. 오래전 미국에서 모차르트의 생애를 그린 〈아마데우스〉라는 영화를 봤는데, 일생 동안 모차르트의 천재성을 질투하고 병적으로 시기한 살리에르가 마지막 장면에서 정신병동으로 들어가면서 하는 말, "히히히, 나는 보통밖에 안 되는 것의 챔피언이다!I'm the champion of mediocrity!(영어 단어 mediocre를 찾으면 우리나라 사전에는 '보통의, 평범한'이라고 뜻풀이가 되어 있지만, 단순히 '보통의' 의미가 아니라 '보통밖에 안 되는'이라는 경멸적인 어조가 담겨 있다)"라고 하는 말을 듣고 가슴이 철렁 내려앉았던 적이 있었다. 나의 인생을 어쩌면 그렇게 간략하고 정확하게 요약하는 말이었는지…….

내 인생이야말로 '보통밖에 안 되는 것'의 탁월한 본보기요, 지리멸렬한 인생의 대표적 사례이기 때문이다.

하지만 이도 저도 아닌 어중간하기 짝이 없는 나의 삶에 대해 썩 만족하고 있지는 않아도 그렇다고 그에 대해 심각하게 고뇌하지도 않는다. 그냥 하루하루 어영부영 살아갈 뿐이다. 따져 보면 공자님도 중용의 길을 추천하시지 않았는가.

사람들이 보통 "삶은 양보다 질이다. 지지부진하게 길고 가늘게 사느니 차라리 굵고 짧게 사는 것이 낫다"라고들 말하지만 나는 그렇게 생각하지 않는다. 개똥밭에 굴러도 저승보다는 이승이 낫다는데, 화끈하고 굵게, 그렇지만 짧게 살다 가느니 보통밖에 안 되게, 보일 듯 말 듯 가늘게 살아도 오래 살고 싶다.

언젠가 조카의 책꽂이에 꽂혀 있던 책 중에 〈나의 잃어버린 한 조각My Missing Piece〉이라는 짧은 그림 동화를 읽은 적이 있다.

몸의 한 조각이 떨어져 나가 온전하지 못한 동그라미가 있었습니다. 동그라미는 매우 슬펐습니다. 그래서 어느 날 동그라미는 잃어버린 조각을 찾기 위해 길을 떠났습니다. 여행을 하며 동그라미는 노래를 불렀습니다.

"나는 나의 잃어버린 조각을 찾고 있습니다. ♪

내 잃어버린 조각 어디 있나요.

하이-디-호, 내가 여기 있습니다.

내 잃어버린 조각을 찾습니다."

동그라미는 때로는 비를 맞고 때로는 눈에 묻히고, 또 때로는 햇볕에 그을리며 잃어버린 조각을 찾아 헤맸습니다. 그런데 한 귀퉁이가 떨어져 나갔으므로 빨리 구를 수가 없었습니다. 그래서 힘겹게, 천천히 구르다가 가끔 멈춰 서서 벌레와 대화도 나누고, 쉬면서 길가에 핀 꽃 냄새도 맡았습니다. 어떤 때는 딱정벌레와 함께 구르기도 하고, 또 어떤 때는 나비가 동그라미의 머리 위에 내려앉기도 했습니다.

바다와 늪과 정글을 지나고 산을 오르내리던 어느 날, 혼자 떨어져 있는 조각을 하나 만났습니다. 너무 반가워 떨어져 나간 귀퉁이에 맞춰 보니 그 조각은 너무 작아 동그라미의 몸에 맞지 않았습니다. 다시 길을 떠났습니다. 다시 조각 하나를 만났으나 그 조각은 너무 컸습니다. 다음 조각은 네모 모양이라 맞지 않았고, 또 그다음에 만난 조각은 너무 날카로웠습니다.

그러다가 다시 조각 하나를 만났습니다. 그 조각은 자신의 몸에 꼭 맞을 것 같았습니다. '맞을까? 맞을까?' 궁금해하며 맞춰 보니 아주 꼭 맞았습니다. 동그라미는 이제 완벽한 동그라미가 되었습니다. 그래서 이전보다 몇 배 더 빠르고 쉽게 구를 수 있었습니다.

그런데 떼굴떼굴 정신없이 구르다 보니 벌레와 얘기하기 위해 멈출 수가 없었습니다. 꽃 냄새도 맡을 수 없었고요. 휙휙 지나가는 동그라미 위로 나비가 앉을 수도 없었습니다. 하지만 적어도 노래는 부를 수 있겠지, 동그라미는 생각했습니다. 그래서 〈내 잃어버린 조각을 찾았답니다〉라는 노래를 부르려고 했습니다.

"내해 힐어버진…… 초각글…… 착작답네다. 헉."

아, 너무 빨리 구르다 보니 노래도 부를 수 없었습니다.

완전한 동그라미가 된다는 것이 이런 것이구나, 동그라미는 생각했습니다. 그리고 구르기를 멈추고 찾았던 조각을 살짝 내려놓았습니다. 그리고 다시 한 조각이 떨어져 나간 몸으로 천천히 굴러가며 노래했습니다.

"내 잃어버린 조각을 찾고 있습니다.♫"

그때 나비 한 마리가 동그라미의 머리 위로 내려앉았습니다.

'완벽함의 불편함'의 메시지를 전하고 있는 동화이다. 아무것도 부족함이나 모자람이 없다는 것은 어쩌면 겉보기처럼 그렇게 행복하고 멋진 일이 아닌지도 모른다. 아닌 게 아니라 천재라 불리는 유명한 연주가나 운동선수들이 간혹 외로움을 호소하며 '보통의' 삶을 선망하는 것을 들은 적이 있다.

한 귀퉁이 떨어져 나간 동그라미가 남이야 뭐라든 삐뚤삐뚤 천천히 구르며 길을 가다가 멈춰 서서 벌레와 이야기도 하고 꽃 냄새도 맡는 것이 완벽한 몸으로 너무 빨리 굴러서 헐떡거리며 노래조차 할 수 없는 완전한 동그라미 삶보다는 나아 보이는 것도 사실이다.

내가 동그라미라면 한 조각이 아니라 여러 조각, 군데군데이가 빠져 어리둥절한 눈으로 두리번거리며 아주 천천히 굴러가는 동그라미가 되어 있을 것이다. 그러나 지금도 게으른 내가 감당하기에는 세상일이 너무나 바빠 헐떡거리고 있으니, 그러고 보면 어렸을 때 재능을 다 살려 완벽하고 세련된 동그라미가 되지 않은 것은 천만다행이다.

그래서 이렇게 더운 여름날 보통밖에 안 되는 재주로 보통밖에 안 되는 글이나마 마감 시간 전에 끝내려고 열심히 글자판을 두드리고 있는 게 힘들지만, 이게 끝나면 오늘은 공부는 덮어 두고 좋아하는 사람과 저녁 약속까지 해 두었다.

보통밖에 안 되는 딸이 보통밖에 안 되는 글을 쓰느라 진땀 흘리고 있는 걸 아시는지 모르시는지, 어머니가 거실에서 전화로 조카가 기말고사를 망쳤다고 하소연하는 동생에게 큰 소리로 말씀하신다.

"야, 망쳤으면 어떠냐. 그저 중간치기만 하면 된다. 보통이 최고다!"

4.

그러나 사랑은 남는 것

진정한 승리

영어에 삶을 비유적으로 표현하는 말로 '쥐의 경주rat race'라는 말이 있다. 유학 중 어떤 심리 연구소에서 실제로 '쥐의 경주'를 본 일이 있는데, 길다란 튜브식 통로 한쪽 끝에 치즈 한 조각을 두고 입구로 여러 마리의 쥐를 들여보낸다.

그러면 쥐들은 서로 치고받고, 밟고 밟히며 먼저 치즈를 차지하기 위해 미친 듯이 찍찍대며 앞만 보고 달린다. 그런데 그 모습이 서로 밟고 밟히며 무엇인가 먼저 차지하려고 발버둥치며 살아가는 우리들의 모습과 사뭇 닮아 있다.

학생들과 상담할 때 나는 가끔 당혹감을 느낀다. 스승으로서의 나는 그들에게 사람은 정직하고 의롭게 살아야 하고, 이 세상은 서로 사랑하고 나누며 살아가야 한다고 가르쳐야 마땅함을 안다.

그러나 학문을 가르치기에 앞서 인생의 선배로서 나는 그렇게 자신 있게 말해 줄 수 없음을 절감한다. 기회주의와 이기주의가 판치고, 서슴없이 남을 무자비하게 짓밟고 치즈를 차지하는 것이 '능력'으로 평가되는 이 세상에서 선하고 올곧게 사는 사람들이 도태되는 경우를 너무 많이 보아 왔기 때문이다.

오늘 오후에 AFKN 텔레비전 프로에서는 지능 장애 청소년들이 육상 경기하는 모습을 잠깐 비쳐 주었다. 5백 미터 경주에서 여남은 명의 선수가 시작을 알리는 총소리와 함께 달리기 시작했다. 얼마 안 가 두 명의 소년이 단연 선두에서 앞서거니 뒤서거니 경쟁을 벌였다.

그때 갑자기 그중 한 명이 무언가에 걸려 넘어졌다. 그의 경쟁자는 잠깐 주춤하더니 뛰기를 멈추고 돌아서서 넘어진 친구를 일으켜 세웠다. 그사이 뒤쫓아 오던 선수들이 앞질러 경주를 끝냈고, 이들 둘은 서로 어깨동무를 하고 만면에 웃음을 띤 채 함께 맨 꼴찌로 들어왔다. 프로그램의 제목은 〈승리자들〉이었다.

하지만 '더 높게, 더 빨리, 더 멀리'를 슬로건으로 삼는 이 세상, IQ 세 자릿수인 사람들이 '쥐의 경주'를 벌이고 있는 이 세상에서 이들이 과연 '승리자들'이 될 수 있을까.

그러나 그 대답은 우리들의 삶에서 진정한 승리란 무엇인가에 달려 있을 것이다.

연주야!

　　오늘 오후 들어온 우편물 뭉치를 뒤적이는데 흰 봉투에 얌
전히 씌어 있는 '박연주'라는 이름이 눈에 띄었다. 순간 가슴이
철렁 내려앉았다. 지난 30년 동안 한 번도 입 밖에 내지 않았던
이름, 그러나 어린 시절 추억의 가장자리에서 언제나 맴돌던
이름이었다. 나는 서둘러 봉투를 뜯어 편지를 읽었다.
　　그러나 그 편지는 내가 생각했던 박연주가 아니라 어떤 잡지
에서 내 글을 읽은 한 동명이인同名異人이 써 보낸 것이었다.
　　박연주(일반적으로 나는 글에서 가명을 쓰지만, 이것은 그녀의 본명
이다)는 종암초등학교 4학년 때 나와 같은 반이었던 아이의 이

름이다. 호리호리한 키에 긴 머리, 인형같이 동그란 눈에 오똑한 코, 눈에 띌 정도로 예뻤던 그녀는 옷도 항상 값비싸고 화려한 것만 입고 다녔다.

모두가 가난했던 시절, 이리저리 기운 옷은 예사요, 구멍 난 옷도 흉이 아니던 시절에 그녀의 옷은 흡사 〈신데렐라〉에 나오는 요정이 가져다준 듯, 하나같이 눈부시고 아름다웠다. 많은 아이들이 검정 고무신을 신던 때에 그녀는 반짝반짝 빛나는 빨간 비닐 구두까지 신고 다녔다.

그녀는 우리가 선망하는 모든 것을 소유하고 있는 것처럼 보였고, 그래서 우리는 그녀를 미워했다. 그녀가 유난히 예쁜 옷을 입고 오는 날이면 부러움에 못 이긴 나머지 우리는 박탈감을 조금이라도 달래 보려고 뒤에서 수군거렸다.

어떤 아이들은 연주의 어머니가 술집을 경영하고 있으므로 그 옷들은 '더러운 돈'으로 산 것이라고 했고, 또 어떤 애들은 연주의 어머니는 돈 많은 노인네의 '첩'이라고도 했다.

연주는 아주 흰 피부와 불그레한 뺨을 갖고 있었는데 어떤 애들은 그녀가 학교 올 때 화장을 한다고 했고, 그것이 그녀가 자기 어머니처럼 '나쁜 피'를 가지고 있는 증거라고도 했다.

연주는 반에서 따돌림당했다. 시쳇말로 '왕따'였다. 그러나 마치 그런 일에는 익숙하다는 듯, 아니 차라리 그쪽이 편하다는 듯 연주는 교실 뒤쪽에 늘 말없이 혼자 앉아 있었다. 연주 어머니가 정말로 '첩'인지, 그녀가 실제로 화장을 하고 학교에 오는지 나는 알 수 없었다.

그러나 돌이켜 보건대 나 역시 그녀를 그다지 좋아했던 것 같지는 않다. 그녀가 지닌 그 모든 것들에 대한 질투와 함께 내심 우리들이 그녀에게 행하고 있는 횡포가 얼마나 부당하고 얼마나 고통스러울 것인가를 생각하기 싫었던 것이다.

학년 말이 다가오던 어느 날이었다. 점심시간이 끝나고 선생님이 오시기를 기다리고 있는데 누군가 복도에서 "불이야, 불! 모두 건물 밖으로 피해! 빨리!"라고 외치는 소리가 들렸다. 대혼란이 일어났다. 아이들은 비명을 지르며 밀고 밀리며 교실을 빠져나갔다.

혼자 남겨진 나는 공포에 빠져들었다. 당시에는 다리 보조기를 신지 않은 상태여서, 누군가의 도움 없이는 한 발짝도 뗄 수 없었다. 그러나 소위 내 '친구'들은 모두 너무 급한 나머지 나에 대해서는 까맣게 잊고 나가 버렸던 것이다.

타 죽는 수밖에 별 도리가 없다고 체념하고 있을 때, 등뒤에서 누군가 조용히 말하는 소리가 들렸다.

"내가 도와줄까?"

연주였다. 그녀는 내 쪽으로 와서 팔을 잡았다.

"내가 업어 볼게. 날 꼭 잡아."

나는 그녀의 목에 매달렸지만 내 무게에 못 이겨 그녀는 바닥으로 넘어졌다. 그녀는 나를 교실 밖으로 끌어내기 위해 안간힘을 썼지만 역부족이었다.

하지만 나는 어떻게든 살고 싶은 욕망에 차마 연주에게 나를 두고 혼자 나가라는 말은 하지 못했고, 연주도 나를 두고 나가려는 기색이 없었다. 한참 동안 연주와 내가 업히고 넘어지고를 되풀이하고 있는데 학생들이 다시 교실로 몰려 들어오기 시작했다. 화재 경보가 착오로 판명되었던 것이다.

그래서 다행히 모든 것이 정상으로 돌아왔다, 적어도 표면적으로는. 아이들은 각자 자기 자리에 앉았고, 선생님이 오시자 마치 아무 일도 없었던 것처럼 수업이 시작되었다. 하지만 내 마음속에서는 심한 갈등이 일어나고 있었다.

이제 난 연주에게 말도 걸고, 다른 친구에게 그러는 것처럼 대해야 할 것인가? 암, 그래야지! 연주는 날 도와주려 했던 유일한 친구가 아닌가. 하지만 그 애와 친구로 지낸다면 다른 애들로부터 따돌림을 당할지도 모르는데.

한마디로 두려웠다. 친구들을 모두 잃고 제2의 연주가 되는 게 두려웠다. 결국 나는 그 학기가 끝날 때까지 한 번도 연주에게 말을 걸지 않았고, 새 학기에 우린 각자 다른 반이 되었다.

그 후 다시는 그녀를 만나거나 소식을 들을 기회가 없었다.

한 독자에게 온 편지는 내게 연주에 대한 기억과 함께 긴 세월 동안 내 마음 깊은 곳에 자리 잡아 온 죄의식을 일깨워 주었다. 그로부터 30년, 그러나 이제 삶의 마루턱에 서서 뒤돌아보면 비단 연주뿐이겠는가. 일상생활 속에서 여러 사람을 만나면서 내가 정말로 그 사람 자체의 됨됨이만으로 그 사람을 평가했던가? 그의 배경이나 그가 속한 집단에 대한 일반적 평판만으로 그를 섣불리 판단하거나 질시하는 일은 없었던가? 그가 사는 방법을 나의 틀에 맞춰 그를 비판하거나 도외시하는 일은 없었던가?

우리들은 종종 다른 사람들을 편의상 한 집단으로 분류해 놓고 단정적으로 판단하는 경향이 있다. 그래서 어떤 사람들은 일반적으로 부정적으로 연상되는 집단에 속해 있다는 사실만으로 기피의 대상이 되거나 신뢰받지 못한다. 예를 들어 술집을 운영하는 여자들은 도덕심이 부족하고 저속한 취향을 지녔다고 보거나, 고아들은 나쁜 유전자를 지녔고, 전과자들은 또 다시 범죄를 저지를 것이라고 미리 단정해 버리기 일쑤다.

한 가지 재미있는 예로 지난번 라디오 가요 프로의 한 사회자가 장애인이 신청한 노래를 틀고 나서는 "장애인 여러분들이 좋아하는 노래들은 이런 것인가 보다"라고 말한 적이 있었다. '장애인'은 '화성인'이나 '우주인'과 같이 일반인과는 완전히 별개의 속성을 가진 그룹이라는 전제가 깔려 있는 말이었다.

아마 사회자는 일반적으로 장애인은 고립되고 슬픈 삶을 사는 집단이므로 처량한 한탄조의 노래를 좋아한다는 말을 하고 싶었던 걸 게다. 그러나 장애인 하나하나가 모두 신체적인 불편을 가지고 있기 이전에 삶의 희로애락에 웃고 우는 똑같은 인간일진대, '장애인용' 노래가 따로 있을 수 있겠는가.

인간으로서 한 사람의 장단점을 알기 이전에 이미 만들어진 꼬리표를 갖다 붙이는 것은 위험천만한 일이 아닐 수 없다. 그 꼬리표 때문에 다른 사람들과의 자연스러운 관계를 방해받는 것은 물론, 당사자 스스로 자신을 규정하고 한계 짓는 지표가 될 수 있기 때문이다. 굳이 《사람만이 희망이다》라는 책 제목을 인용하지 않더라도, 이는 인간성 자체에 대한 신뢰마저 포기하는 일이다.

혹시 연주가 우연히라도 이 글을 읽게 된다면, 그리고 아직까지 날 기억한다면, 비록 30년 뒤늦기는 했지만 나의 진심에서 우러나오는 사과를 받아 주기 바란다.

미안해 연주야, 정말 미안해.

이 세상에 남기는 마지막 한마디

남들이 들으면 이상하게 생각할지 모르지만, 나는 죽은 사람들의 유언에 관심이 많다. 그런 경험으로 미루어 볼 때 소설책이나 라디오 드라마, 또는 텔레비전 방송극을 보면 죽어 가는 사람의 유언은 항상 극적 전환을 일으킬 정도로 의미심장하다. 지하실에 보물이나 돈 보따리가 숨겨져 있다던가, 이제껏 사랑했던 사람은 자기 부인이 아니라 다른 여자였다던가, 몇십억짜리 생명 보험에 들어 놓았다던가, 숨겨 놓은 자식이 있다던가…….

어쨌든 작가나 극작가들은 극적 귀결이나 반전을 도입하기 위해 죽어 가는 사람의 입을 빌리는 경우가 많다. 그러니 나의 유언에 관한 관심은 어렸을 때부터 소설책이나 드라마를 많이 본 데서 비롯되었는지도 모른다.

그러나 여기서 내가 말하는 유언은 비밀 폭로적인 허구 속 유언이 아니다. 실제로 사람들이 이 세상을 떠나기 직전 무슨 말을 했느냐는 것이다. 이 세상에 태어나 수많은 말을 하고 살지만, 의미 있는 말, 남의 기억에 남을 만한 말은 아마도 그중 몇 마디밖에 안 될 텐데, 죽기 전에 마지막으로 남기는 한마디는 아마도 '말의 결정판'이 될 수 있을 터이기 때문이다.

말이 나왔으니 망정이지만, 나는 우리나라에서는 드물게 《유명인들의 유언 모음집》이라는 책을 갖고 있다. 유학할 때 어렵게 발견해서 일부러 주문한 책이다. 가끔 심심하면 들여다보는 책인데, 기라성 같은 사람들의 삶을 마치는 마지막 말답게 기막힌 아이러니와 재치, 철학적 메시지들이 담겨 있는 유언들이 많아서, 내가 읽은 그 어느 위대한 작품 못지않은 여운과 메시지를 준다.

일반적으로 그 유언들은 그들의 삶을 가장 간략하고 명료한 형태로 요약하고 있는 것 같다. 예컨대 최대 다수의 최대 행복설을 주장한 실리적 공리주의자 제레미 벤담의 유언은 아주 실리적이고 공리주의적이다.

"나는 지금 죽어 가고 있다고 생각한다. 어떻게 하면 고통을 최소화할 수 있을 것인가에 주력해야 한다. 하인들을 방에 들어오지 못하게 하고 어린아이들을 내보내라. 어린아이들에게는 건전하지 못한 경험이 될 수 있고, 이 시점에서 그들은 유용성이 떨어진다."

그렇게 말하자면 냉소주의자로 알려진 그리스의 철학가 디오게네스는 죽을 때까지 냉소적이었다. 어떻게 매장해 주기를 원하느냐는 질문에 그는 "내 몸을 엎어서. 왜냐면 시간이 지나면 어차피 아래가 위가 될 테니"라고 답했다.

《톰 아저씨의 오두막Uncle Tom's Cabin》을 써서 인종 차별을 비판하고 인간애를 주창했던 해리엇 비처 스토 부인은 자신을 돌봐 주는 간호사들에게 "사랑합니다"라는 마지막 말을 남겼다.

유언 중에서도 가장 관심 있는 유언들은 내가 읽고 공부하고 있는 작가들이 마지막으로 어떤 말을 이 지상에 남겼는가 하는 것이다. 자기표현이 살아 있는 동안 그들의 업이었던 만큼, 그들은 마지막 순간에 대해 가장 재미있게 묘사하고 있다.

〈빨간 무공 훈장The Red Badge of Courage〉을 쓴 스티븐 크레인은 자기 죽음의 순간을 마치 중계방송하듯이 다음과 같이 설명한다.

"우리 모두 언젠가는 넘게 마련인 경계선에 도달했을 때, 생각만큼 끔찍하지는 않다. 좀 졸리고, 그리고 모든 게 무관심해진다. 그냥 내가 지금 삶과 죽음 중 어느 세계에 있는가에 대한 몽롱한 의구심과 걱정, 그것뿐이다."

19세기 미국 시인 에밀리 디킨슨은 "지금 들어가야겠다. 안개가 피어오르고 있다"고 말했고, 마찬가지로 19세기 미국 작가 헨리 데이비드 소로는 임종 시 이모가 "죽기 전에 하느님과 화해해라"라고 말하자, "내가 언제 하느님과 싸웠는데?" 하고 반문했다. 작가들의 유언 중 가장 유명한 말은 아마 괴테의 "좀 더 빛을"이라는 말일 것이다.

내가 남의 유언에 유난히 관심을 갖는 데는 분명히 이기적인 목적이 있다. 세상에 태어나 이제껏 내가 한 말들이 너무 의미 없는 껍데기 말들뿐이었으니 그래도 떠날 때 남기는 마지막 말이야말로 꽃 중의 꽃, 세상을 깜짝 놀라게 할 수 있을 정도로 의미심장한 말을 해야 하지 않을까 해서이다.

간략하면서도 철학적이고, 재미있으면서도 비범한 의미가 숨어 있어 조카들이나 학생들은 물론, 후세 사람들이 죽어 가는 사람이 한 말 중에 가장 기억에 남을 만한 말을 할 수는 없을까 하는 생각도 없지 않아 있으니 말이다.

　아닌 게 아니라 역사적으로 볼 때 순전히 유언만으로 기억되는 사람들도 있다. 예를 들어 네이선 헤일은 미국 독립 전쟁 때의 군인이지만 영국 군인에 체포되어 죽기 전에 "내 조국을 위해 바칠 목숨이 하나밖에 없는 것이 유감이다"라는 유언을 하지 않았다면 그의 이름은 아마 지금쯤 거론되는 일이 없을 것이다.

　나폴레옹의 여동생 엘리자 보나파르트도 재미있는 유언으로 자주 인용되는 사람이다. 그녀가 죽을 때 누군가 "죽음만큼은 피할 수 없는 것이다"라고 말하자 그녀는 "세금도 피할 수 없지"라고 했다고 한다.

　그럼 내가 죽을 때는 무슨 말을 해야 할까? 원래 가을을 좀 타는 경향이 있어 오늘같이 비라도 부슬부슬 내리는 날에는 괜히 감상적이 되는 데다가, 마침 학생들의 중간고사 시험을 채점하다 보니 너무 지루하고 재미없어 차제에 나의 유언에 대해 생각해 보기로 했다.

　내가 지금 당장 죽는다면 무슨 말을 남길까. 곰곰이 생각해 보았으나 그럴싸한 말이 떠오르지 않는다. 어차피 창의력 없는 인생을 마무리하는 단계라면 새삼 기막히게 새롭고 대단한 말을 생각하려고 노력하느니 다른 사람들이 한 말을 참고하여 조금 고쳐서 사용하는 것도 괜찮을 것 같다.

네이선 헤일의 그 유명한 유언도 사실은 1601년 영국에서 종교 탄압 때 처형당한 가톨릭교도 마크 바크워스가 한 말을 본뜬 것이다. 바크워스는 "목숨이 천 개가 있다 해도 나는 하느님을 위해 모두 바치겠다"고 말했고, 헤일은 '하느님' 대신 '조국'을 대입했을 뿐이다.

나는 본격적으로 유언집을 꺼내 들었다. 책에 코를 파묻은 채 유명한 사람들의 유언을 열심히 보며 어떤 말을 조금 바꿔서 내 유언으로 써먹을 수 있을까 연구해 보았다.

미국 시인 하트 크레인이 "잘 있거라, 모든 사람들아Bye, everyone"라고 한 것을 "잘 있거라, 한국 사람들아"로 바꿔 볼까. 아니면 콘래드의 작품 〈암흑의 오지Heart of Darkness〉에 나오는 주인공 커츠가 말한 "끔찍하다, 끔찍해Horror, horror"를 거꾸로 "멋지다, 멋져"라고 할까.

콘래드 자신의 마지막 말은, "여기……"였다고 하는데 그럼 나는 "거기"라고 할까. 아니면 카이사르의 유명한 말을 변용해 "왔노라, 보았노라, 그리고 돌아가노라"라고 할거나? 또 아니면 지난번 돌아가신 마더 데레사처럼 "이제 더 이상 숨 쉴 수가 없구나I can't breathe anymore"를 바꿔서 "이제 더 이상 볼 수가 없구나"로 할거나.

한참 동안 들여다봐도 신통한 말이 떠오르지 않았다. 자꾸 책상 위에 높이 쌓여 있는 시험지로 눈이 가고 내일은 학생들에게 꼭 돌려줘야 할 것 같아 할 수 없이 유언집을 침대에 내려놓고 다시 채점을 계속했다.

이번 시험은 문제가 어려웠는지, 60점 이하의 학생들이 꽤 많았다. 점수가 나쁜 학생들의 시험지에다가 "꼭 내게 와 면담할 것!You've got to come and see me!"이라고 쓰다가 불현듯 생각이 났다. "아, 내 유언은 바로 이 말, 'You've got to come and see me!'가 어떨까." 아니면 퇴근할 때 과 사무실의 조교들에게 하는 말, "수고해라, 나 간다"는 어떨는지? 또는 학생들 시험 감독하다가 화장실 다녀올 때 하는 말, "커닝하지 말아요, 나 금방 돌아올 테니"는?

그때 갑자기 밖에서 길고 날카로운 경고 사이렌이 들려왔다.

"어, 무슨 사이렌이지?"

달력을 보았다. 10월 28일. 민방위 날도 아닌데.

"그럼 진짜잖아!"

갑자기 가슴이 두근거렸다.

그때 다시 한번 사이렌이 울렸다.

"분명히 무슨 일이 있나 보다. 북한에서 쳐들어온 것 아닌가?"

외삼촌 댁에 가신 어머니에게 전화하기 위해 급히 안방으로 갔다. 아무리 서랍을 뒤져도 전화번호책이 어디 있는지 알 수 없었다. 그럼 동생 집에 전화해야지. 그런데 번호가 어떻게 되더라? 생각이 나지 않았다.

어제 차에 휘발유가 떨어져 연료 탱크가 비었다는 사인이 계속 켜졌는데 귀찮아서 주유소에 들르지 않은 것도 후회가 되었다. 마음은 더 급해 왔다.

그때 현관문이 스르르 열리며 여섯 살짜리 조카 건우가 이상하게 생긴 나팔을 불며 들어왔다. 소리가 민방위 경보와 아주 흡사했다.

"건우야, 너 아까부터 이것 불고 있었니?"

건우는 계속 나팔을 불며 고개를 끄덕였다.

그럼 그렇지, 진짜 비상경보가 아니라 건우 나팔 소리였구나.

나는 안도의 한숨을 내쉬며 내 방으로 돌아왔다. 황급하게 뛰쳐나가는 바람에 유언집은 침대 발치에 굴러떨어져 있었다.

'이렇게 죽기 싫은데 유언은 무슨 유언.'

다시 책상 앞에 앉으며 나는 실소를 머금었다. 이 세상에 남기는 마지막 한마디고 뭐고 평상시에 하는 말이나 잘하고 살아야지, 생각하며 다시 채점을 하기 위해 빨간 펜을 들었다.

그런데 가만있자, "이 세상에 남기는 말 한마디보다 평상시에 말을 잘하고 살자"는 유언으로 어떨까?

스무 살의 책

누가 말했던가. 청춘은 청춘 그 자체가 갖는 꿈과 활력만으로도 아름답고 찬란한 시기라고. 미래에 대한 희망으로 가슴 벅차고 넘쳐흐르는 사랑만으로도 환희에 몸을 떠는 시기라고.

그러나 역설적으로는 바로 그 꿈 때문에, 그리고 새로 눈뜨는 사랑 때문에 열병을 앓는 고뇌의 시기이기도 하다. 환희와 고뇌, 슬픔과 기쁨, 꿈과 좌절, 사랑과 증오, 이런 상극적인 감정의 롤러코스터를 타면서 끝없이 어지러운 시기인 것이다.

스무 살. 나의 스무 살은 70년대 초반 노고산 언덕의 서강 캠퍼스에서 시작되었다. 장발에 미니스커트, 〈별들의 고향〉, 청바지에 통기타, 양희은의 〈아침 이슬〉로 기억되는 그 시절에 스무 살의 우리들은 젊음 자체의 무게뿐만 아니라 시대의 아픔까지도 몽땅 짊어진, 그야말로 '길 잃은 세대'였다.

끊임없이 계속되는 시위 속에서 최루탄 연기를 피해 도망 다니고 포승줄에 묶여 가는 친구의 뒷모습에 눈물 흘리고, 진정한 정의와 진리의 의미에 대해 회의해야 하는 버거운 청춘이었다.

그러나 이제 불혹의 나이가 되어 그저 버릇처럼 하루하루 살아가며 마치 삶의 방관자가 되어 버린 듯한 지금, 이런 고뇌와 좌절의 기억에도 불구하고, 나의 스무 살은 삶의 한가운데 서서 당당하고도 치열하게 살았던 시절로, 가슴 찌릿한 그리움으로 다가온다. 그래서 파우스트의 외침은 어쩌면 이미 젊음을 잃어버린 우리 모두의 갈망을 대변하고 있는지도 모른다.

폭동의 가슴을 지녔던 그 시절을 내게 돌려 달라
환희의 깊이 속에 자리 잡은 고뇌,
증오의 힘, 그리고 사랑의 동요──
아, 내게 그 젊음을 돌려 달라!

70년대의 대학들은 매번 개강한 지 채 한 달이 못 되어 휴교령이 내려졌고, 정문 앞에는 거대한 탱크가 버티고 있어 학생들은 학교에 발도 들여놓을 수 없었다. 그때 소일거리로 읽었던 책들이 결국 문학을 나의 일생의 업으로 삼을 수 있는 밑천이 되었고, 그중에서도 대학교 2학년 여름, 며칠 동안 두문불출하고 읽었던 19세기 미국 작가 허먼 멜빌의 《백경Moby Dick》은 방황하는 나의 영혼에 지표를 제시해 주었다.

포경선 피쿼드호의 선장 에이해브는 다리를 앗아 간 흰 고래 모비 딕을 쫓아 오대양을 누빈다. 에이해브는 자신의 선원들에게 백경에 대한 증오심을 불러일으켜 무슨 방법을 써서라도 백경을 포획할 것을 명령한다. 주위 사람의 만류에도 불구하고 그는 오직 모비 딕의 경로를 따라 배를 운행한다. 드디어 백경이 모습을 드러내고, 에이해브는 삼 일간의 사투 끝에 백경의 거대한 등 위에 작살을 내리꽂지만 결국 헴프 줄에 엉켜 죽고, 피쿼드호는 바다의 소용돌이 속에 가라앉는다. 승무원 전원이 배와 함께 죽고 단 한 명 살아남은 젊은 선원 이슈마엘이 이 이야기를 전한다.

실제 줄거리 자체는 매우 간단하지만 책의 쪽수는 5백 페이지에 달하고 중간중간 포경에 대한 상세한 묘사가 끼어들어 결코 '재미있는' 책이라고 할 수는 없다.

그러나 자신의 목적을 성취하기 위해 잘린 다리를 고래 뼈 의족에 지탱한 채, 복수심에 불타 광인처럼 백경을 쫓는 에이해브의 끈질긴 투쟁은 내게 끊임없이 도전하는 불굴의 용기와 비열하지 않게 사는 삶의 방법을 보여 주었다.

책의 초두에서 에이해브는 자신이 모비 딕을 쫓는 이유를 다음과 같이 천명한다.

이 세상에 보이는 모든 사물들은 마분지 가면일 뿐이다. 이 세상에서 일어나는 모든 사건 속에는 알 수 없는, 그렇지만 분명히 계획적인 어떤 힘이 그 무심한 가면 뒤에서 은밀히 움직인다. 죄수가 벽을 쳐부수지 않고 어떻게 자유로워질 수 있는가. 그 흰 고래는 나를 향해 밀어닥치는 바로 그 벽이다. 나는 그 고래 속에서 살아 움직이는 거대한 힘을 본다. 그것이야말로 내가 증오하는 것이다. 내게 신성 모독이라고 얘기하지 말라. 날 모욕한다면 태양이라도 쳐부수겠다! 진리에는 한계가 없다.

이렇듯 에이해브가 쳐부수려는 벽은 자신의 다리를 앗아 간 백경 그 자체라기보다는 백경이 상징하는 추상적인 힘이다. 인간을 비웃고, 얽매고, 그보다 더욱 두렵게는 인간에게 무관심한 듯해 보이는 그 모호한 존재를 숨기고 있는 벽을 허물겠다는 것이다.

탐색의 시기인 스무 살에 본 에이해브는 내겐 영웅이었다. 공허한 가면극 속의 엑스트라 같은 인간, 아름답지만 변화무쌍한 가면을 쓴 자연, 그 뒤에 숨어 인간을 조롱하는 듯한 정체 모를 힘에 도전하며, 감옥 같은 현상 세계의 벽을 허무는 에이해브의 꿈은 곧 나의 꿈이기도 했다.

인간의 한계를 넘어 닿을 수 없는 세계를 향해 끝없이 발돋움하는 그의 모습은 내가 닮고 싶은 모습, 당당하게 삶과 맞서고 도전하는 용기를 가르쳐 주는 모범이었던 것이다.

그로부터 20여 년이 지났고 나는 이제 나의 스무 살을 보냈던 캠퍼스로 돌아와 스무 살의 학생들과 함께 《백경》을 읽는다. 그러나 인생의 반 이상을 살아온 지금 에이해브의 도전이 조금은 무모하게 보이는 것은 웬일까.

분명 에이해브는 보잘것없는 인간들의 노예근성을 비웃듯,

안타깝게 밀어붙이는 '마분지 가면'을 향해 분연히 일어선 영웅이었지만, 인간의 한계성을 거부한 절대를 향한 집요한 추구, 신의 뜻에 대한 복종 내지 타협보다는 도전, 그리고 자신의 목적을 성취하기 위해 인간애마저 저버리는 광적인 편집증은 그가 자유를 주려던 이 세상에 오히려 파괴와 죽음만을 가져왔을 뿐이다.

오늘 오후 나는 수업 시간에 《백경》의 132장 '심포니'를 읽고 있었다. 백경이 나타나기 며칠 전인 어느 날, 에이해브는 뱃전에 기대어 뭍에 두고 온 젊은 아내와 아들을 생각하며 자신의 삶에 대한 회한에 젖는다.

기회를 놓칠세라, 일등 선원 스타벅이 백경 쫓는 일을 그만두고 고향으로 뱃머리를 돌릴 것을 종용한다. 그러나 에이해브는 곧 본연의 모습으로 되돌아와 고뇌에 찬 목소리로 알 수 없는 '운명의 힘'을 개탄한다.

"무엇인가, 그 무슨 알지 못할 힘이 내게 명령하는가. 인간은 이 세상에서 운명이라는 지렛대에 의해 돌고 돈다."

그때 한 학생이 손을 들더니 엉뚱한 질문을 던졌다.

"선생님, 선생님은 운명론자이십니까?"

순간 대답이 궁했다. 스무 살의 나였다면 분명히 "아니다. 운명이란 인간들이 자신의 무능을 편리하게 합리화하기 위해 지어낸 단어일 뿐이다"라고 주저 없이 대답했을 것이다. 그러나 지금 나는 그렇게 자신 있게 말할 수 없다.

내가 살아온 길을 되돌아보면 나는 분명히 나의 자유 의지와 무관한 어떤 '알지 못할 힘'의 횡포에 분노했고, 정말이지 '운명의 장난'이라고밖에는 표현할 수 없는 상황도 여러 차례 체험했다.

그뿐인가, 그릇된 자가 참된 자보다 더 큰 목소리로 떠들고, 아무리 강한 의지로 노력해도 '운명적인 약함'으로 인해 힘센 자에게 짓밟히는 사람도 여럿 보아 왔다.

잠시 침묵을 지키다가 대답했다.

"나는 운명론자도, 그렇다고 비운명론자도 아닙니다. 그러나 에이해브를 기억하려고 노력합니다. 설사 운명이란 것이 있어서 내가 내 삶의 승리자나 패배자가 되는 것이 나의 자유 의지와 무관하더라도, 나는 여전히 싸우겠습니다, 에이해브처럼. 에이해브는 인간의 무능과 허약함에 반기를 들었고, 단지 삶이 그에게 주는 것은 무엇이든 받아들이는 동냥자루가 되기를 거부했습니다. 결국 그의 노력은 자신과 다른 사람의 죽음을 가져왔지만, 굴복하는 삶보다는 도전하는 죽음을 택한 것입니다."

그때 수업 종료를 알리는 종이 울렸고, 나는 황급히 결론을 내렸다.

"인간이 운명에 맞서 싸워야 한다면, 바로 그 투쟁이야말로 삶을 가치 있는 경험으로 만들 것입니다."

미안합니다

    서양 사람들에 비해 우리나라 사람들에게 단연코 인색한 말이 있다면 아마도 '고맙다'는 말과 '미안하다'는 말일 것이다. 아주 작고 사소한 일에도 걸핏하면 'Thank you', 'Sorry'를 되뇌는 외국인들에 비해 우리는 여간해서는 이런 말을 잘 하지 않는 듯하다.

    오랜 유학 생활 덕분에 나는 그나마 '고맙다'는 말은 꽤 자주 하는 편이다. 조교나 학생들이 심부름을 해 주거나 시중을 들어 주면 곧잘 '고마워'라는 말을 하곤 한다.

    그러나 이에 비해 '미안해'라는 말은 여간 어렵지 않다. 분명히 내게 잘못이 있다는 사실을 알고 있으면서도, '미안해'라는 말을 하려면 목소리가 기어들거나 가능하면 슬쩍 얼버무려 버린다. 마음속으로 미안한 감정을 느끼지 않아서가 결코 아니다. 너무나 미안하다고 생각할 때도 그렇다.

게다가 가끔씩은 그런 말을 할 기회를 놓치고 후회하는 적도 있다. 그래서 오해를 불러일으키기도 하고, 오해는 아니더라도 다른 이들에게 거만하게 보이거나 못된 사람으로 비치기도 한다.

그러나 문제는 이런 나의 성격적 결함을 머릿속으로는 다 알고 있으면서도 막상 '미안해'라는 말을 해야 하는 상황이 생기면 어쨌거나 그 말이 목에 딱 걸려 안 나온다는 것이다.

그래서 나름대로 이 심각한 문제에 대해 심사숙고해 보기까지 한다. 왜 '미안해요'라는 짧은 말 한마디가 그토록 어려운 것인가?

그것은 나의 삶의 방식과 연결된 것인지도 모른다. 아무도 내게 가르쳐 주지 않았지만, 어렸을 때부터 본능적으로 체득한 내 삶의 법칙은 슬프게도 '삶은 투쟁이고, 투쟁은 이겨야 한다'는 것이다. 그래서 승부 근성이 투철한 내게 '미안해'라는 말은 결국 내가 졌다는 뜻이고, 패배를 인정하고 싶지 않은 나의 경쟁 심리가 그 말을 거부하는 것인지도 모른다.

혹은 자존심 탓일 수도 있다. '미안하다'고 말한다는 것은 나의 결함과 실수를 인정한다는 것인데, 그것이 나의 자존심을 건드린다. 아니, 좀 더 마음속 깊이 파고들어 가 보면 그것은 아마도 내가 어쩌면 잘못 살고 있는지도 모른다는 두려움 때문인지도 모른다. 왜 애당초 남에게 사과할 일을 했으며, 그것도 미리 예견 못 했다는 것은 지독한 오판이기 때문이다.

그것도 아니면, 내가 남보다 못났다는 데 대한 열등의식이거나 자격지심일 수도 있다. 만일 내가 스스로에 대해 자신감이 있다면, 내가 잘못했고, 그 사실에 대해 미안하게 생각한다는 것을 인정하는 것이 무어 그리 어렵겠는가.

지난주, 19세기 미국 소설 강의 시간에, 나는 한 학생에게 《주홍 글씨The Scarlet Letter》의 첫 장면을 읽도록 시켰다. "김영수, 23페이지 첫째 단락을 읽어 보세요." 그러나 아무 반응이 없었다. 그래서 다시 되풀이했다. "23페이지 첫째 문단 말이야." 또다시 한동안 침묵이 흘렀다. 그러더니 갑자기 영수가 아닌 서훈이가 책을 읽기 시작하는 것이었다.

처음에는 단지 의아해했지만 가만히 생각하니 은근히 부아가 치밀었다. 학기 시작하고 두어 달이 지났으니 모든 학생들의 이름을 기억하고 있고, 학생들 또한 내가 자기들의 이름을 기억한다는 사실을 알고 있었다.

그런데 어떻게 내가 호명한 영수가 아닌 서훈이가 책을 읽을 수 있단 말인가? 그것은 나에 대한 반항이거나 한 걸음 더 나아가 모욕이라는 생각까지 들었다. 나는 화를 눌러 참고 책을 다 읽을 때까지 기다렸다. 그리고 냉담하게 말했다

"지금 책 읽은 학생이 김영수예요?"

나는 정색을 하고 선생으로서의 위엄과 자존심을 건드린 두 사람을 노려보았다.

"자기 이름들도 몰라요? 결석한 친구 대신 대리 대답하는 학생들이 있다더니 그렇게 하는 것이 아예 버릇이 돼서 이젠 친구 이름을 자기 이름인 줄로 착각할 정도인가?"

나는 야유까지 했다.

반 전체가 쥐 죽은 듯 고요했다. 영수와 서훈은 고개를 떨구고 있었다. 시간을 더 이상 허비할 수 없어서 강의를 계속했지만, 수업이 끝나고도 기분이 썩 좋지 않았다.

그리고 오후에 퇴근 준비를 하고 있는데, 학생 하나가 찾아와 진상을 알려 주었다. 김영수는 아주 심각한 말더듬이 증세

를 갖고 있고, 그 증세는 사람들 앞에서 말하거나 읽거나 하는 스트레스 상황에서는 더욱 악화된다는 것이었다. 그러니 아까 갑자기 말문이 막혀 책을 읽을 수도, 그렇다고 말을 더듬어서 못 읽겠다고 설명할 수도 없는 처지였을 것이고, 그 사정을 잘 아는 서훈이가 당황하는 친구를 도와주려고 대신 읽었다는 것이다.

이야기를 듣고 나서, 나는 정말이지 쥐구멍에라도 숨고 싶은 심정이었다. 어렸을 때 나도 한때 말더듬이 비슷한 증세가 있었기 때문에 영수가 느꼈을 충격과 고뇌, 그리고 수업 시간 이후의 기분을 잘 알 수 있었다.

미안하다고 해야겠다. 나는 속으로 생각했다. 하지만 어떻게? 영수에게 수업 후에 오라고 할까? 그러면 영수가 더 부끄러워하지 않을까? 아니면 삐삐 번호를 알아내어 내게 전화하라고 할까? 하지만 말더듬이 증상은 전화로 말할 때 더 심각해지니까 그것도 별로 좋은 생각이 아닌 듯하다.

그렇다면 어떻게 사과를 할까. 이런저런 궁리를 하다가 가만히 생각해 보니, 정말로 내가 사과해야 하는 상황인가에 대해 의구심이 일어났다. 요컨대 그게 정말 내 잘못이었는가 말이다. 영수에게 그런 문제가 있다는 것을 나는 모르지 않았는가?

학기 시작할 때 미리 자기에게 이러이러한 문제가 있으니 호명하지 말아 달라고 한마디라도 해 줬으면 어련히 알아서 했을까 말이다.

게다가 선생 체면에 학생에게 그런 말 했다고 해서 사과할 필요까지 있겠는가. 그리고 지금쯤은 영수도 다 잊어버리고 있을지도 모르는데 괜히 사과해서 오히려 긁어 부스럼이 될 수도 있다.

영수에게 '미안해'라고 말할 필요가 없을 만한 온갖 구실들을 발견하고 나니 그제야 마음이 편해졌고, 오히려 사과하려고 생각했던 내가 어리석게까지 여겨졌다. 그리고 이 바쁜 와중에 그런 생각까지 하고 있다니, 쓸데없는 시간 낭비라고 결론짓고 그냥 잊어버렸다.

하지만 오늘 나는 '미안합니다'라는 말, 아니 그 말의 위력에 대해서 다시 생각해 봐야만 했다.

저녁때 아버지가 오피스텔에 있는 나를 데리러 차를 갖고 오셨다. 아버지와 내가 공동으로 집필하고 있는 고등학교 영어 교과서를 위해 출판사에서 얻어 준 오피스텔인데, 나는 주말에 그곳에서 일하곤 한다.

아버지와 만나기로 한 약속 시간보다 조금 늦게 나갔는데,

건물 뒤편에 있는 주차장 경비원이 아버지에게 현관 가까이에 차를 댔다고 소리를 지르고 있었다. 아버지는 계속 허리를 굽히면서 사과하고 계셨다.

"미안합니다. 잠깐만 있을 겁니다. 제가 기다리고 있는 사람이 곧 나올 겁니다."

그러나 아버지 연세쯤 되어 보이는 경비원은 심하게 아버지를 힐책하였다.

"아, 글쎄 기다리려면 저기 주차장 안에 차를 대고 기다리란 말예요! 왜 하필이면 현관 앞에 차를 대냐구요."

"미안합니다. 조금만."

아버지는 계속 '미안합니다'를 반복하고 계셨다. 물론 차를 현관 근처에 대는 것은 금지되어 있지만, 경비원에게 머리를 조아리는 아버지의 모습을 보자 너무 자존심 상하고 화가 나서 나는 경비원을 한 번 흘끗 쳐다보고는 차에 올라탔다.

경비원은 잠시 나와 목발을 번갈아 가며 쳐다보았다. 그러고는 아버지에게 깊이 머리를 숙이더니,

"아이구, 정말 죄송합니다. 왜 이분을 기다리고 있다고 말씀해 주시지 그랬어요. 만약 그랬다면 아무 말도 하지 않았을 텐데요. 이분이라면 몸이 불편하시니까 여기 대셔야지요, 이분을

자주 봬요."

말을 하는 와중에도 그는 중간중간 "미안합니다, 죄송합니다"라는 말을 여러 번 되풀이했다.

아버지는 또 아버지대로 "괜찮습니다. 제가 잘못한 건데요. 죄송합니다"라고 사과했고, 두 사람은 서로에게 인사하고 헤어졌다. 차가 떠날 때 경비원은 손까지 흔들며 우리들을 배웅해 주었다.

얼마나 아름다운 결말인가! 서로 얼굴 붉히고 마음 상하고 헤어졌을 수도 있는 일이었지만, 두 사람 모두 기꺼이 "미안합니다" 하고 사과를 했기 때문에 결과는 해피 엔딩이었다.

아마도 나라면 아버지처럼 사과하는 대신 "금방 간다는데 왜 그러세요? 그렇게 융통성이 없으세요?" 하면서 얼굴을 찌푸렸을 것이고, 경비원도 사과하는 대신 "그래도 원칙은 원칙이지, 아무리 몸이 불편한 사람 기다린다고 차를 현관 앞에 세우다니" 생각하면서 뽀로통한 얼굴로 돌아섰을 것이다.

그러나 나보다 나이도 많고 인생 경험도 풍부한 두 사람은 해피 엔딩을 만드는 법을 잘 알고 있었다. 자신의 잘못을 기꺼이 인정하는 태도와 상대방의 처지를 이해하려는 마음 그리고 '미안합니다'라는 말의 효력을 알고 있었던 것이다.

그래도 나는 차를 타고 나서 아버지에게 투덜댔다.

"아버지, 왜 그런 사람한테까지 허리를 굽히고 그래. 채신없어 보이잖아."

그러자 아버지가 의아한 표정으로 말씀하셨다.

"채신? 원, 잘못한 거 사과하는데 채신은 무슨 채신이냐?"

문득 영수 얼굴이 떠올랐다. 잘못한 것 사과하는데 선생 체면은 무슨 선생 체면? 수업 중에 내가 한 말 때문에 영수가 아직도 상심해 있을지도 모른다. 내일은 수업 끝나고 정식으로 사과해야지.

"애, 영수야, 지난번엔 미안했어. 수업 중에 읽는 것 시키지 말라고 말해 주지 그랬니. 모르고 그런 거니 용서해 줄 거지?"

이번 일을 계기로 나도 '미안합니다'를 좀 더 자주 말할 수 있을 것 같다.

위 글은 아버지가 돌아가시기 두 달 전쯤인 1994년 5월 〈코리아 타임스〉에 '미안합니다I'm Sorry'라는 제목으로 실었던 글을 번역한 것이다. 얼마 전 아버지가 집필하시던 《미국 문학사》 원고를 정리하다가 그 사이에 복사해서 껴 놓으신 것을 우연히 발견했다. 내가 쓴 글이 신문에 나오면 나보다 더 부지런히 오려서 스크랩해 놓으셨는데, 이 글은 아마도 당신에 관한 글이라 일부러 복사해서 여분까지 보관하셨나 보다.

생각해 보니 아버지가 돌아가시기 전에 어머니에 관한 글은 여기저기에 몇 번 썼어도, 아버지에 대한 글을 쓴 적은 거의 없는 것 같다. 어느 날 갑자기 우리 곁을 떠나신 후에야 나는 안타까움과 그리움 때문에 아버지에 대해 수많은 글을 썼지만, 그저 산소에만 가져가 잠깐 보여 드리고는 제대로 챙기지를 않아 다 어디로 갔는지도 모른다.

딸이 당신에 대해 글을 쓴 것이 대견스럽고 자랑스러우셨어도 겉으로 드러내지 않고 책갈피에 껴 놓고 가끔 꺼내 보신 아버지. 그것은 못난 딸을 자랑스럽게 생각하셨던 아버지의 사랑법이었다. 써 놓고도 한참 동안이나 잊어버렸던 그 글의 제목이 '미안합니다'인데, 지금 생각하면 그것은 무슨 전조였던 것 같다.

암만 생각해도 이상하기 짝이 없는 일이지만, 아버지가 돌아가시기 꼭 열흘 전인 7월 6일 밤 나는 꿈을 꾸었다. 꿈속에서 나는 아버지의 영정 앞에 서 있었다. 어떻게 돌아가셨는지, 다른 식구들은 어디에 있는지 알 수 없었지만, 검은 리본이 매어진 아버지 사진 앞에서 나는 "아버지, 미안해, 너무 미안해" 하고 통곡하고 있었다. 왜 하필이면 '아버지, 미안해'라는 말이 나왔는지 알 수 없지만, 아마도 내 맘 깊숙이 항상 자리 잡고 있었던 말이었는지 모른다.

아버지는 영원히 그렇게, 항상 내 손 닿는 곳에서 나를 지켜보며 계실 줄 알았기에 아버지의 존재를 당연히 여긴 게 너무나 미안하고, 내색은 안 하셔도 성치 못한 딸이 사람 구실 못할까 봐 몇십 년을 마음 졸이게 해 드린 게 너무나 미안하고, 아버지와 함께 공동 집필이나 번역을 할 때마다 가진 수많은 논쟁들, 걸핏하면 눈살을 찌푸리고, "뭐가 그래 아버지, 안 그렇다구" 하면서 심통 부린 것이 너무나 미안하고, 어버이날이나 생신 때면 그저 의례적으로 꽃 몇 송이와 선물을 드리고는 그것으로 내 의무는 끝났다는 듯, 정말로 진심으로 '아버지 사랑해요' 한마디 못 한 것이 너무나 억울하고 미안해서, 나는 꿈속에서도 눈물까지 펑펑 쏟으며 울었다.

그러고는 새벽에 깨어 보니 정말로 베개가 푹 젖어 있었고 이상한 느낌이 들었다. 아침에 일어나 어머니께 말하니,

"개꿈이다. 네가 요새 아버지랑 같이 교과서 쓰면서 매일 세대 차 난다고 아버지 구박하는 게 속으로는 미안한 생각이 있어 그런 꿈 꾼 거다. 이젠 아버지에게 말할 때 좀 예쁘고 고분

고분하게 해라" 하고 무심하게 말씀하셨다. 그도 그럴 것이, 나는 일생 동안 단 한 번도 예시적인 꿈을 꾸어 본 적이 없었다.

그러고 나서 열흘 후인 7월 17일 아버지는 친구분과 함께 속초로 피서 가셔서 수영을 하시다가 심장 마비로 돌아가셨다. 그래서 나는 내 일생 중 꼭 열흘 동안만 아버지에게 고분고분하고, 간혹 존댓말을 섞어 가며 예쁜 말을 골라 한 '착한 딸'이었다.

이제는 꿈이 아닌 현실이 된 아버지 영정 앞에서 "아버지, 미안해, 정말 미안해"라고 통곡하는 나는 너무나도 기가 막혔다. 왜 여섯 자식 중에 내 꿈에 그런 예시가 있었는지, 아마도 하느님이 내게 열흘 동안의 기회를 주신 것인지, 아니면 아버지와 가장 많이 시간을 보낸 자식에게 먼저 이별을 준비시키신 건지.

아버지가 돌아가시기 전에 나는 아버지와 함께 몇 권의 책을 공역했지만, 번역보다 더 기억에 남는 일은 아버지와 함께 집필했던 중고등학교 영어 교과서이다. 서로 나누어 번역하고 나서 후에 다시 바꾸어 보는 식으로 공동 작업했지만, 교과서는 읽기 자료를 쓰고 고르는 일에서부터 여러 가지 보조 자료를 만들어야 하기 때문에 거의 매일 함께 일해야 하는 작업이었다.

돌아가시던 날 아버지가 바다에 들어가시기 전에 속초에서 전화로 하신 말씀, 이제는 유언이 되어 버린 그 말씀도 "내일 3시에 출판사에서 만나자. 같이 11과 작업하자"였다.

아버지가 가시고 나서 악몽 같은 세월이 한 달쯤 지난 후, 우리가 계약했던 출판사에서 전화가 왔다. 교과서 집필은 다른 책과 달리 교육부에서 철저하게 관리하는 일이기 때문에, 마감일을 철저하게 지켜야 하고, 치열한 경쟁과 엄격한 심사를 통해 합격, 불합격 판정이 나는 어려운 일이었다.

그러니 제출 일자가 얼마 남지 않은 상태에서 대표 저자가 갑작스럽게 타계했다는 것은 출판사 입장에서도 난감한 입장이었을 것이다. 그러면서도 슬픔으로 정신 못 차리는 내게 차마 말은 꺼내지 못하고 기다리기만 하다가 마침내 전화를 한 것이었다.

나는 아무 생각 없이, 이제 개학하면 가르치는 일도 제대로 할 수 없을 것 같은데, 어떻게 교과서를 계속 쓰겠냐고, 계약금을 돌려주고 집필을 포기하겠다고 말했다. 한참 동안 가만히 듣고 있던 출판사 편집장이 말했다.

"아버지가 하시던 일인데 더욱 열심히 해서 합격시켜 드리셔야죠."

'합격시켜 드리셔야죠'라는 말이 내 가슴을 때렸다.

아버지는 저명한 영문학 교수, 개인으로서는 세계에서 가장 많이 미국 문학을 번역, 소개해서 미국 컬럼비아 대학에서 주는 '미국 문학 번역상'까지 받으신 유명한 번역가이셨지만, 동시에 치열한 경쟁을 뚫고 계속 교과서를 합격시키시는, 출판계에서 흔히 말하는 '합격의 별'을 가장 많이 단 교과서 집필가이시기도 했다.

유학을 마치고 귀국하자마자 아버지는 함께 교과서를 쓰자고 제안하셨지만, 나는 완강히 거절하였다. 어렸을 때부터 아버지가 교과서를 쓰시는 일을 보아 왔기 때문에 그 일이 얼마나 힘든지 잘 알고 있었고, 또 전공과도 직접 관련 있는 일이 아니었기 때문에 자신이 없었다.

"싫어." 한마디 하고 더 이상 들으려고 하지도 않는 고집쟁이 딸을 말로는 설득하실 수 없다고 생각하셨는지, 아버지는 아무 말씀도 없이 내 인감도장을 가져가셔서 계약을 해 버리셨다.

나중에야 들었지만, 당시 동아출판사(지금의 두산) 사장은 전혀 경험 없고 어린 사람을 교과서 저자로 계약하는 것에 대해 썩 내켜 하지 않았는데, 아버지가 "교과서를 쓰는 데 필요한 재능을 이 애는 모두 갖추고 있다. 우선 한다면 꼭 해내고 마는 근성이 있고, 창의력이 있고 글을 잘 쓴다. 나는 앞으로는 얘 없이는 교과서 안 쓸 거니까 나랑 계약하고 싶으면 얘도 함께 해야 한다"고 설득하셨다고 한다. 그래서 그야말로 순전히 '타의'에 의해 처음으로 교과서를 쓰기 시작하게 되었고, 아버지가 합격하시는 바람에 나도 덩달아 합격했었다.

하지만 어디까지나 나는 '보조' 역할이었지 대표 저자는 꿈도 못 꿀 일이었다.

그러나 '아버지를 합격시켜 드리셔야죠'라는 말 때문에, 아버지가 마지막으로 정성을 쏟으셨던 일에 좋은 성과를 얻게 해 드리고 싶은 간절한 생각에, 그리고 아버지와 함께 '공동'으로 집필하는 기회가 이제는 마지막이라는 생각에서, 나는 돌아가신 아버지 대신 대표 저자가 되어 중단했던 교과서 일을 다시 시작했다.

그때부터 심사 대상 교과서 접수 마감일까지 약 5개월간은 내 생애에서 가장 힘든 시기였다. 학교에서 수업은 수업대로 하면서(당시 보직도 하나 맡고 있었다) 몇 달 만에 책 네 권을 쓴다는 것은 나의 능력으로 도저히 불가능한 일이었다.

게다가 아버지의 명예를 걸고 다시 한번 학생들이 보는 교과서 표지에 아버지의 이름을 꼭 넣어 드리겠다는 일념이었으므로, 합격에 대한 부담감도 대단히 컸다.

하지만 다른 무엇보다 몇 상자씩 정성스럽게 모아 놓으신 그림 자료와 사진들, 이 책 저 책에서 튀어나오는 아버지의 필적을 볼 때마다 억장이 무너져 내리곤 했다. 그래도 분명히 아버지가 지켜봐 주시고 도와주신다는 확신을 갖고, 한 과를 쓸 때마다 아버지의 영정 앞에 놓고 보여 드렸다.

그러나 그것은 한 번도 비행기를 타 본 적도 없는 사람이 조종사가 되어 비행기를 운전하는 일이나 마찬가지였다. 아무리 노력을 해도—다섯 달 동안 하루에 한두 시간 이상 자 본 일이 없고, 몸무게가 8킬로그램이나 줄었고, 과로로 화장실에서 기절해 끌려 나온 적도 몇 번 있었다—문제는 계속 발생했다. 마감일은 다가오는데, 도저히 출판 날짜를 맞출 수가 없었다. 모든 것을 포기해야 할 판이었다.

그런데 당시 교육부 장관이던 김숙희 씨가 고등학교의 모든 부교재를 없앤다는 취지하에 교과서 집필 방향을 바꾸면서 마감일을 두 달 연장했다. 해방 후 교과서 집필과 심사 일정이 중간에 바뀐 것은 처음 있는 일이었고, 그것이 나를 살렸다(지금 이 시간까지도 나는 그것이 내 어려움을 보시다 못해 아버지가 해 주신 일이라고 굳게 믿고 있다).

그래서 가까스로 제 날짜에 맞춰 책 네 권을 마칠 수 있었고, 심사용으로 제출하기 전 온 식구가 다 함께 천안에 가서 아버지 산소 위에 원고를 놓아 드렸다.

그러고 나서 두 달 후에 합격 소식을 들었다.

그로부터 6년, 나는 그동안 아버지 없이 초등학교, 중학교 교과서를 썼고 모두 합격, 아버지의 뒤를 이어 교과서 출판계에서 '합격의 별'을 가장 많이 단 사람, 그리고 유일하게 초중고교 영어 교과서를 모두 합격시킨 사람이 되었다.

사실 전공이 영어 교육이 아니라 영문학인 내게 교과서를 쓴다는 것은 요사이 교수 사회에서 민감한 '교수 업적 평가'에 전혀 도움이 되지 않는다. 그리고 동료 교수들이나 학생들은 내가 초중고교 영어 교과서를 썼다는 사실조차 잘 모른다.

그래도 나는 그 어느 전공 논문 못지않게 내가 쓴 교과서들을 자랑스럽게 여긴다. 사실 논문이야 전공자들 몇 명 읽으면 그만이지만, 교과서는 많은 학생들이 읽어 주고 그들에게 큰 영향을 줄 수 있는 책이기 때문이다.

그러나 그보다 더 중요한 이유는, 교과서를 쓴다는 것은 아직도 내 마음속에서는 아버지와 함께하는 일이라는 생각 때문이다. 요즘도 한 과를 쓸 때마다 아버지 영정 옆에 놓아 드리고, 책이 나오면 온 식구가 천안에 가서 아버지께 보여 드린다.

그러니 내가 합격하는 것은 여전히 아버지를 '합격시켜 드리는 일'이고, 교과서 합격 소식을 들으실 때마다 항상 눈에 웃음을 가득 담고 어린아이처럼 좋아하셨던 아버지의 생전 모습을 다시 떠올릴 수 있기 때문이다.

다른 어떤 일보다 함께 토론하고 함께 시간을 보내야 하는 일이 많은 교과서 작업을 통해 나는 아버지의 '일하는 방법'을 배웠다. 사실 아버지와 나는 영어 교육 이론에 관해서는 전혀 문외한이었지만, 아버지는 그 어떤 학문적 이론보다 더 중요한 나름대로의 '장왕록 원칙'을 갖고 계셨다.

싫증이 나서 내가 대충 넘어갈라치면 아버지는,

"애들이 바보냐? 걔들 머리가 얼마나 무서운데. 무엇이든 보고 배우고 흡수한다구. 제대로 못 쓰면 설령 합격한다 해도 학생들 보기에 미안하지……."

하시면서 어림도 없다는 듯 몇 번이고 다시 쓰게 하시곤 하셨다. 사실 그것은 아버지가 교과서를 쓰실 때뿐만 아니라 다른 일을 하실 때도 적용하시는 원칙이었다. 글을 쓰실 때마다 아버지는 집요하다고 할 만큼 여러 번 교정을 보시어 나중에는 원고지에 글자 하나 들어갈 자리가 없을 정도였다.

번역을 하실 때도 다시 베껴야 하는 우리가 짜증낼 정도로 수십 번씩 교정을 보시고, 원작자를 찾아다니시고, '독자가 얼마나 무서운데'의 원칙을 철칙으로 지키셨다.

나는 아직도 내가 버젓이 잘못해 놓고도 선뜻 '미안합니다' '죄송합니다'라는 말을 잘하지 못한다. 아버지가 생전에 행동으로 가르쳐 주신 겸손함의 본보기를 제대로 배우지 못했기 때문이다.

그렇지만 그 이전에 먼저 상대방에게 미안할 일은 애초에 하지 말라던 아버지의 교훈, 투박하지만 정곡을 찌르는 '애들이 바보냐?'의 원칙을 지키려고 노력한다.

가령 가르칠 때, 그래도 내게 무언가 배울 게 있겠지 하고 두 눈 동그랗게 뜨고 앉아 있는 학생들을 나보다 지식이 부족한 '바보'라고 무시하면 제대로 된 선생이 되지 못할 거고, 다른 일을 할 때도 이 정도면 됐지, 상대방은 모르겠지 하면 결국 해 놓고 미안한 건 자신이게 마련이다.

언제나 누구에게나 떳떳하고 당당하고 '미안하지' 않을 수 있도록 최선을 다하는 '양심'과 성실함을 나는 아버지에게서 배웠다.

지난주에는 고등학교 영어 교과서 집필 시안 설명회에 갔었다. 앞으로 개편될 고등학교 교과서 저자들과 출판사 편집진을 대상으로 교육부에서 집필 방침과 심의 규정을 설명하는 자리였다. 늦게 가서 뒤쪽에 앉았는데, 출판사 직원인 듯한 두 남자가 조금 떨어진 옆자리에 앉아 있었다. 그들은 책상 위에 있는 집필자 명단을 가리키면서 무슨 말인가 하고 있었다.

　"이 여자 말이야, 장왕록 씨 딸이래."

　귀가 번쩍 띄었다. 장영희가 어떻게 생겼는지도 모르는 게 분명한 그들이 바로 옆에 두고 내 얘기를 하고 있는 게 확실했다.

　"알아."

　별 흥미 없다는 듯 다른 사람이 시큰둥하게 대답했다.

　"자기 아버지처럼 번역도 하고 그러던데."

　"알아. 난 고등학교 때 장왕록 씨 교과서로 배웠는데, 우리 딸은 이 여자가 쓴 교과서로 배우더라구."

　거기서 대화는 끝났고, 그들은 다시 교육부에서 나온 장학관의 설명에 귀를 기울이는 듯했다. 그러나 바로 '이 여자'인 나는 그 옆에 앉아서 가슴이 터질 듯 기뻤다. 벌떡 일어나서 거기 있는 모든 사람들에게 큰 소리로 외치고 싶었다.

　"내 말 좀 들어 보세요! 이 사람이요, 우리 아버지가 쓰신 교과서로 배웠는데, 이 사람 딸은 내가 쓴 교과서로 배운대요! 나 우리 아버지 뒤를 잘 이은 거죠?"

아버지가 돌아가신 지 6년이 지났지만 여전히 '장영희'보다는 '장왕록 씨 딸'로 더 잘 통하는 내가 이름값을 제대로 한 것 같아 너무 자랑스러웠다.

언젠가 아버지를 다시 뵐 때는 "아버지, 미안해요" 하고 울지 않아도 될 것 같다.

하느님의 필적

동네 책방을 나서다가 우연히 어느 저택 앞에 주차해 있는 외제 승용차 앞에서 두 남자가 옥신각신하고 있는 것을 보았다. 한쪽은 승용차의 운전기사인 듯했고 또 다른 이는 웅장한 저택의 높은 대리석 담 밑에 비닐 돗자리를 깔아 놓고 잡동사니를 파는 행상인 듯했다. 운전기사는 삿대질까지 해 가며 행상을 나무라고 있었다.

"도대체 몇 번이나 말해야 알아듣겠냐 말요? 당신 때문에 집 꼴이 뭐가 되냐구요!"

"죄송합니다. 3시쯤 학교가 파하고 나서 몇 개만 판 다음에 치우면 안 될까요?"

늙수그레한 행상은 연방 머리를 조아리며 말했다. 그가 가리
키는 돗자리 위에는 '몽땅 천 원'이라는 종이 팻말과 함께 연필
꽂이며 사기 인형, 학용품 등 어린 학생들이 관심을 가질 만한
물건들이 몇 개 놓여 있었다.

그때 갑자기 승용차 뒷좌석에 여왕처럼 앉아 있던 젊은 여인
이 더 이상 못 참겠다는 듯이 창밖으로 머리를 내밀며 쇳소리
를 질렀다.

"아니, 무슨 말이 그렇게 많아요?"

순간 그녀의 귀에 매달린 수갑만큼이나 큰 금귀고리가 흔들
거리며 햇빛에 번쩍였다.

"오늘 오후에 가든 파티가 있는데 손님들이 이 너저분한 물
건들을 보면 어쩌겠어요? 원 별 거지 같은……."

자신의 아버지뻘쯤 되어 보이는 노인에게 퍼붓는 그녀의 욕
설이 너무 듣기 거북해서 울화가 치밀어 오르는 것을 꾹 참고
나는 황급히 그 자리를 떠났다. 언뜻 본 저택의 빗살 대문 사이
로 잔디가 잘 자란 넓은 정원, 그리고 그 위에 흰 식탁보와 꽃
으로 장식한 테이블이 네댓 개 보였다.

승용차 속의 여인은 완벽하게 아름다워야 할 자신의 가든 파

티가 행상의 허름한 옷과 햇볕에 그을리고 주름진 얼굴, 그리고 그가 팔고 있는 조잡한 물건들 때문에 조금이라도 손상될까봐 노심초사하고 있는 것이 분명했다.

집으로 돌아오는 내내 그 당당하고 아름다운 여인에게 계속 머리를 조아리던 노인의 모습을 떨쳐 버릴 수가 없었다. 문득 며칠 전에 본 텔레비전 프로그램 하나가 생각났다.

채널을 돌리다 보니 여러 명의 주부들이 우산으로 전경들을 찌르고 있었고, 전경들은 방패로 그들의 공격을 피하는 모습이 보였다.

낯선 형태의 '데모'가 우스꽝스러워 보였지만, 정작 당사자들인 주부들의 눈은 분노와 울분에 차 있었다. 알고 본즉 S3동 주민들이 부근에 신체 장애인 직업 훈련소를 짓기로 한 결정에 반발하는 시위였다.

기자가 시위자 한 명에게 반대하는 이유를 묻자, 그녀는 영원한 진리이니 잘 들어 두라는 듯, 천천히 또박또박 말했다.

"그 사람들이 이 근처에서 살게 되면 우리 애들이 휠체어 탄 사람들을 자주 보게 될 거 아닙니까? 자라는 아이들은 아름다운 것만 봐야 아름답게 자랄 수 있는 겁니다."

즉 신체 장애인들은 보기에 아름답지 않으니 그 존재만으로도 아이들에게 비교육적이라는 말이었다. 다음에 기자는 현재 집이 철거 위기에 놓여 있어 오갈 데 없는 장애인 한 명과 인터뷰를 했다. 컴퓨터 부품 조립자라고 자신을 소개한 그는 휠체어에 앉은 스물네댓의 청년이었다.

"한 달에 얼마를 버십니까?"

기자가 물었다.

"31만 원이오."

청년의 얼굴에 자랑스러운 미소가 번졌다.

"그 돈을 어떻게 쓰십니까?"

"8만 원은 어머니 생활비 드리고, 더 드린대도 저 장가갈 때 쓸 적금 부으라고 안 받으세요. 그래서 15만 5천 원은 적금 붓고, 그리고 나머지는, 글쎄요, 그냥 흐지부지 없어지네요."

젊은이는 다시 멋쩍게 웃었다. 그의 비뚤어진 몸과 퇴화한 다리는 결코 '아름답다'고 할 수 없었다. 그러나 그의 미소, 때 묻지 않고 순박한 그의 미소는 '아름답다'는 말 외에는 달리 표현할 말이 없었다.

19세기 미국 사상가이자 시인인 에머슨은 "아름다움은 하느님의 필적이다Beauty is God's Handwriting"라고 했다. 이 세상에 존재하는 모든 것이 신이 일일이 써 놓은 필적이라면, 그 무엇이든 아름답지 않은 것이 있겠는가? 화려한 색깔로 멋있게 피는 작약꽃도 아름답지만, 바위 틈새에 숨어 피는 작은 들꽃도 아름답다.

번쩍이는 왕관을 쓴 미스 코리아, 주렁주렁 훈장을 단 장군, 수십 명의 수행원을 거느린 고위직 관리, 모두 아름다운 사람들이다. 그러나 시장 바닥에서 부끄러운 줄도 모르고 가슴을 드러내 놓고 아이에게 젖을 먹이는 과일 장수 아주머니, 공사장에서 허리가 휘어지도록 벽돌을 나르는 노동자, 쓰레기 더미 속에서 먼지를 뒤집어쓴 채 일하여 눈 코 입조차 분간할 수 없는 미화원들, 이들 역시 아름다운 사람들이다.

아까 그 여인이 계획하던 가든 파티는 아마도 비싸고 멋진 옷으로 차려입은 손님들, 부드러운 음악, 즐비하게 늘어놓은 고급 요리 등으로 분명히 아름다웠을 것이다. 그러나 "제발 3시까지만"을 되뇌며 '몽땅 천 원'짜리 물건들을 소중히 매만지던 그 행상의 삶에 대한 의지는 더욱 아름답고 숭고하다.

'아이들은 아름다운 것만 보고 자라야 아름답게 자랄 수 있다'는 자신의 교육 논리를 지키기 위해 우산으로 전경을 찌르던 여인들의 자식 사랑도 아름답지만, 하루 종일 컴퓨터 부품을 맞춰 번 돈으로 어머니 용돈 드리고 결혼 자금 마련하는 장애인 젊은이의 꿈도 그에 못지않게 아름답다.

진정한 아름다움이란 무엇일까? 어쩌면 하느님의 필적은 우리 육체의 눈에는 보이지 않는 잉크로 쓰여서, 영혼의 아름다움을 찾는 이만 읽을 수 있는지도 모른다.

걔, 바보지요?

아프리카의 어느 부족은 너무 웃자라 불편하거나 쓸모없게 된 나무가 있을 경우 톱이나 칼로 잘라 버리는 게 아니라 온 부락민들이 모여 그 나무를 향해 크게 소리 지른다고 한다. 예컨대, "너는 살 가치가 없어!", "나는 널 사랑하지 않아!", "너는 왜 그렇게 사니?", "차라리 죽어 버려" 등 이렇게 나무가 들어서 가슴 아파할 만한 말을 계속하면 정말 나무가 시들시들 말라 죽어 버린다는 것이다.

나의 변변찮은 과학 지식으로도 문자 그대로 믿기에는 좀 뭣한 이야기지만, 말 한마디가 생명을 좌우할 만큼 폭력적일 수 있고, 그만큼 깊은 상처를 줄 수도 있다는 말일 게다. 신체적인 상처는 세월이 가면 어느덧 딱지가 앉고 아물지만, 마음의 상처는 10년, 아니 20년이 지나 아물었는가 싶으면 다시 도지고 덧이 나 피를 줄줄 흘리기 때문이다.

그런 줄 알면서도 우리는 살아가면서 자주 남의 마음을 아프게 한다. 어떤 때는 무심히 내뱉은 말이 비수가 되어 상대방의 가슴에 꽂히기도 하고, 또 어떤 때는 일부러 남에게 못 할 말을 하고 나서 두고두고 후회하기도 한다.

그런데 어떤 사람들은 고의적으로 그런 가해자가 되고도 후회는커녕 오히려 상대방이 아파하는 것을 은근히 즐기는 듯하다.

우리 집 근처에서 구멍가게를 하는 김 씨 부부에게는 열서너 살 정도 된 외아들이 있다. 이름이 재형이인 그 아이는 정박아여서 대여섯 살 정도 어린애의 지능밖에 갖고 있지 않다. 그래서 걸핏하면 동네 꼬마들의 놀림감이 되거나, 어른들도 돌아서면 손가락질하고 재밋거리로 말하기 일쑤이다.

그걸 아는지 모르는지 재형 엄마는 어디를 가나 '우리 재형이가'로 말문을 열고 재형이가 하는 일이면 무슨 일이든 대견해하고 기특해한다. 어쩌다 가게에 들어가면 내 직업을 아는 재형 엄마는 꼭 대학에 관한 질문을 한다.

"지금 퇴근하세요? 대학 보내려면 돈 많이 들지요?"라든가 "어떻게 영어를 가르치는 게 좋은가요?" 등등 내가 보기에도 가당찮은 질문을 천연덕스럽게 하곤 한다.

그런 그녀가 처음엔 좀 귀찮고 이상하게 여겨졌지만, 그것이 그녀가 갖고 있는 비현실적인 '꿈'이 아니라 언젠가는 반드시 실현시키고야 말 실제적인 '계획'이라는 것을 알게 된 이후로는 나름대로 성의껏 대답해 준다.

그녀는 언젠가는 재형이가 마치 잠에서 깨어나듯 머리가 깨어 일반 고등학교에도 가고 대학교에도 갈 수 있으리라는 것을 전혀 믿어 의심치 않는 듯, 교육 보험에도 들고 영어 카세트나 문학 전집 같은 것도 들여놓는다.

오늘 오후, 나는 음료수를 사기 위해 '재형슈퍼' 앞에 차를 세우는 중이었다. 중년 남자 셋이 가게 밖의 간이용 탁자에 앉아 술을 마시고 있었다. 그들은 재형이를 앞에 세워 놓고 무슨 말인가를 하고 있었다. 부동자세로 꼿꼿이 서 있는 재형이의 표정이 너무 굳어 있어 나는 차 안에서 그들의 대화를 엿들었다.

"얘, 10에다 5를 더하면 얼만 줄 아니?"

한 남자가 묻자 재형이는 겁먹은 표정으로 아무 대답도 하지 않았다.

"그것도 몰라?"

이번에는 다른 남자가 물었다.

"그럼 3 더하기 2가 몇인지 말해 봐."

여전히 재형이는 아무 대답도 하지 않았다. 긴장한 탓인지 어깨를 잔뜩 움츠린 채 힘주어 양옆으로 붙인 팔이 부르르 떨리는 것 같았다.

"글은 읽을 수 있니? 저기에 뭐라고 써 있냐?"

세 번째 남자가 '세제 할인 판매'라고 씌어 있는 광고를 가리키며 물었다. 그러나 재형이는 여전히 아무 말 없이 천천히 머리를 좌우로 흔들었다.

첫 번째 남자가 다시 물었다.

"넌 도대체 어디다 쓰냐? 네가 할 줄 아는 게 뭐니?"

지나가는 말로 비아냥거리며 하는 소리였는데, 갑자기 재형이가 눈에 생기를 띠며 힘주어 말했다.

"노래요."

"와, 노래할 줄 안다고? 아주 천치는 아니라는 말이지? 그래? 그럼 한번 해 봐. 한번 멋들어지게 뽑아 보라구."

서로 조롱 섞인 미소를 교환하며 남자들은 박수를 쳤다.

재형이가 〈돌아와요 부산항에〉를 부르기 시작했다. 전혀 음정이 맞지 않았지만 적어도 노래만은 이렇게 잘할 수 있다는 듯, 목에 푸른 힘줄이 돋도록 혼신을 다해 노래를 불렀다.

"오오류도 돌아아가는 연락선마다아."

차라리 악을 쓰는 듯한 노랫소리에 재형 엄마가 가게 밖으로 뛰어나왔다. 순간 그녀의 얼굴이 굳어지더니, 손을 들어 재형이의 등줄기를 향해 한 대 내리쳤다.

"빨리 들어와서 밥 먹어!"

아들의 손을 낚아채듯 잡고 들어가는 재형 엄마의 등에 대고 그중 한 남자가 말했다.

"아줌마, 걔 바보지요?"

순간 나는 내 귀를 의심했다. 그러나 분명히 그랬다. 그 남자는 턱으로 재형이를 가리키며 "걔 바보지요?"라고 했다.

재형 엄마의 등이 잠깐 얼어붙듯 그 자리에 멈추어 서더니 아무 대답도 없이 있다가 다시 서서히 움직여 가게로 들어갔다. 차에서 나오려던 나는 잠시 주저했다. 가게 안으로 들어가 재형 엄마를 마주 볼 자신이 없었다. 내가 그곳에 있었던 것을 재형 엄마가 모른다 해도, "걔 바보지요?"라는 말을 듣고 억장이 무너졌을 그녀 앞에 내가 등장해서 아무렇지도 않은 듯 "콜라 주세요"라고 말하는 것은 마치 '거봐요, 아줌마, 대학은 무슨 대학?'이라는 뜻으로 들려 다시 한번 뒤통수를 치는 일이 될 것만 같았기 때문이었다.

《주홍 글씨》라는 소설에서 너새니얼 호손은 이 세상에서 가장 '용서받지 못할 죄unpardonable sin'는 다른 사람의 '마음의 성역'을 침범하는 일이라고 말했다.

나무도 가슴 아픈 말을 들으면 슬퍼서 죽는다는데 하물며 사람이야. 재형 엄마의 '마음의 성역'을 완전히 무너뜨린 '용서받지 못할 죄인'들이 여전히 술을 마시며 웃고 떠드는 동안 나는 그 자리를 도망치듯 벗어났다.

그러나 사랑은 남는 것

　우리가 사랑했던 사람이 죽을 때, 우리의 일부분도 함께 죽는다. 그렇게 죽어도 결국 살아가게 마련인 것은 아마도 이 세상에서의 이별이 끝이 아니고, 언젠가 '저세상'에서 다시 만날 수 있으리라는 희망이 있어서인지도 모른다.

　그렇다면 정말로 저세상은 있는 것인지, 있다면 어떤 곳인지, 그리고 우리가 사랑하는 사람들은 그곳에서 어떻게 지내고 있는지 궁금하다. 사후 세계에 관한 책들도 무수히 많은데, 죽음의 세계에 갔다가 돌아온 사람들의 말에 의하면 한결같이 그곳은 밝고 아름답고 평화로운 곳이라고들 하지만, 우리 눈으로 확인하지 않은 바에야 믿을 수 없다.

얼마 전 미국의 유명한 텔레비전 토크 쇼인 〈래리 킹 쇼〉에 요즘 미국에서 가장 잘 팔리는 베스트셀러 저자인 젊은 남자 영매가 출연자로 나온 적이 있었다. 그는 '저세상'에서 '살고' 있는 죽은 이들과 이 세상 사람들을 연결하는 특별한 능력을 갖고 있다고 했다.

시청자들이 전화해서 죽은 가족 이름을 대면 존이라는 이름 의 영매는 금방 그 사람이 저세상에서 어떻게 지내고 있고, 이 곳에 사는 사람에게 어떤 말을 하고 싶어 하는지 알려 주는 것 이었다.

시청자들과 저세상 사람들을 연결해 주면서 그가 한 말은 대 개 다음과 같았다.

"댁의 아버지가 숫자 6을 보여 주시고 있는데요. 그 숫자가 아버지와 무슨 관련이 있나요? 예를 들어 생일이 6월이라든가, 6일이 무슨 중요한 날이라든가……. 댁의 어머니는 아주 힘차 게 깃발을 흔들고 있네요. 혹시 국가 경축일에 돌아가셨나요? 독립 기념일 같은 날 말이에요……. 아버지가 돌아가시기 전에 혹시 집안에 싸움 같은 것이 있었나요? 마음 쓰지 말라고, 전 혀 원한 품지 않고 있다고 알려 달라는군요. 댁의 아버지는 오시지 않았군요. 대신 젊은 남자가 왔는데 혹시 남동생이나 삼촌 중에 죽은 사람이 있나요? 이름이 J로 시작하는데요. 예를 들어 제프라든가 제이슨 등등……. 장미 냄새가 아주 진동합니다. 혹시 집안에 생일이나 결혼기념일 같은 것이 다가오고 있나요……? 아넷이라는 이름 압니까? 혹시 이웃 사람 이름 아닙니까? 당신의 죽은 언니 대신 왔다는데요……. 당신의 아버지가 배지를 내밀고 있는데 혹시 경찰이셨습니까……? 여동생이 책갈피에 꽃을 눌러 놓는 취미가 있습니까……? 개 짖는 소리가 들리는데요. 혹시 어머니가 돌아가신 다음에 얼마 안 되어 개가 죽은 일이 있습니까?"

전화를 걸어 온 이들 가운데는 대개 큰 소리로 "맞아요!" 하고 맞장구치거나, 또는 "아닌데요" 하고 조심스럽게 부정하는 사람들도 있었지만, 대부분 무언가 연결되는 것을 찾아내곤 했다. 그 대화들이 너무 구체적이고 자연스러워서 나는 방송 전에 서로 짰거나 혹은 사기성이 있지 않나 생각했지만, 래리 킹이라면 시니컬하고 허점을 파고들기로 유명한 호스트이니 그럴 가능성은 희박했다. 특히 전화를 걸어 온 마지막 두 사람과 영매 존의 대화는 인상 깊었다.

젊은 여자는 돌아가신 아버지와 연결되고 싶다고 말했다. 잠깐 무엇인가 생각하는 듯하더니 존이 말했다.

"혹시 댁에 결혼식이 있나요? 아버지가 결혼식에 대해 이야기하고 있는데요."

"맞아요. 제가 결혼해요. 그런데 아버지가 알고 계시나요?"

"물론입니다. 결혼식에 가실 거라고 말씀하시는데요."

"아, 정말이에요? 고맙습니다."

젊은 여자 시청자는 기쁜 목소리로 감사의 말을 전하고 전화를 끊었다. 그들의 대화가 어찌나 천연덕스럽던지, 존이 바로 자기 옆에 앉아 있는 사람의 말을 전하고 있다고 착각할 지경이었다.

마지막 전화는 1년 전 남편과 사별했다는 부인의 것이었다. 남편과 연결되고 싶다는 그녀의 말이 떨어지자마자 존이 말했다.

"관 속에 담배를 넣으셨나요?"

당황한 듯, 잠깐 침묵을 지키던 그녀가 "예, 그런데요" 하고 대답했다. 이것만 해도 신기한데 존은 계속해서 물었다.

"혹시 남편이 즐겨 피우던 것이 아닌 다른 상표 담배를 넣으셨습니까?"

다시 한번 침묵이 흐르더니, 그 여자가 짧게 "네" 하고 대답했다.

"남편께서 다른 상표를 넣어 줬다고 불평하시는데요."

이쯤 되자 래리 킹도 벌떡 일어나 존에게 악수를 청하며 "정말 놀랍습니다" 하고 찬사를 아끼지 않았다.

그 영매의 말에 따르면, 이 세상에서 사람이 '죽는다'는 것은 결코 끝이 아니라는 것이다. 그것은 단지 껍데기뿐인 육체가 제 역할을 다하는 것뿐이라는 것이다.

그는 이 세상에서의 삶을 차를 운전하는 것에 비유했다. 즉 죽는다는 것은 이제껏 몰고 다니던 차가 수명을 다해 그 차를 이 세상에 두고 걸어서 다른 세상으로 가는 것과 마찬가지라고 했다. 그들은 '저세상'에 살지만, 마치 어떤 '기氣, vibration'를 갖고 있듯 이 세상에 관한 분명한 기억을 가지고 있고, 사랑하는 가족과 친구들을 지켜보고 있다는 것이다.

영매의 말이 사실인지 아닌지 나로서는 알 길이 없다. 하지만 그의 말이 어느 정도 신빙성이 있다 치고, 그가 시청자들과 나눈 대화에 근거하면 '저세상'은 이제껏 내가 상상하던 곳과는 사뭇 다른 것 같다.

첫째, 내가 생각한 '저세상'은 아주 점잖고 엄숙하고 슬픈 사람들이 사는 곳이다. 자신들이 떠나온 세상에 대한 아쉬움과

미련을 가득 안고 이 세상 사람들의 무지를 개탄하며 회한에 젖어 있는 사람들일 것이라고 생각했는데, 오히려 반대로 그들은 어린아이같이 순수하고 유쾌하고 재미있는 사람들 같다.

　독립 기념일에 죽은 사람은 자기를 드러내기 위해 커다란 깃발을 흔들고, 이 세상에서 직업이 경찰이었던 사람은 자랑스럽게 배지를 내민다. 자기가 좋아하는 담배 상표를 넣어 주지 않았다고 불평하기도 하고, 자기가 직접 올 수 없으면 대신 옆집 사람을 보내기도 한다.

　둘째, 그곳 사람들은 거기서도 이 세상에서 가졌던 국적과 언어를 그대로 사용하는 모양이다. 이곳과 똑같은 물리적 시간 개념과 공간적 한계를 갖고 있지는 않겠지만, 그래도 여기서 미국 사람이었던 사람은 거기서도 미국 사람이고, 여기서 한국 사람은 거기서도 한국 사람이 되는 게 아닌지. 그리고 언어까지도 미국 사람은 영어, 한국 사람은 한국어를 사용하는지(아니면 혹시 그곳에서도 공통어가 영어?), 누군가의 이름을 부를 때 그들은 알파벳까지 아주 구체적으로 여기서 사용하던 이름을 사용한다. 또 여기서 중요한 날짜는 그곳에서도 중요하게 여겨지는 모양이다. 지상에서의 생일, 결혼기념일, 하다못해 독립 기념일까지도 기억하고 챙긴다.

셋째, 여기서 서로 알고 지내던 사람들은 그곳에서도 함께 모여 사는 모양이다. 부모 형제, 친척뿐만 아니라 이웃이나 직장 동료들, 심지어는 개까지도 자기 주인을 그대로 따라가는지, 존이 부른 어떤 저세상 사람은 개까지 데리고 왔다.

그러나 뭐니 뭐니 해도 존이 말하는 저세상에 대해 가장 인상 깊었던 점은, 그곳에 사는 사람들은 이 세상 사람들과는 전혀 다른 가치 기준을 갖고 있다는 것이다. 즉 이곳에서 중요하게 여기는 것들에 대해 그곳 사람들은 전혀 무관심하고, 오히려 이곳에서 시시하게 여기거나 무심히 지나치는 일들을 더욱 소중하게 생각하는 것 같다.

만약 내가 죽어 저세상에 갔는데 어떤 영매의 도움으로 이 세상에 살아 있는 동생과 얘기할 기회가 주어진다면, 나는 이웃 사람을 대신 보내기는커녕 악착같이 내가 직접 와서 하고 싶은 말을 다 할 것이다. 예컨대, "네가 새로 이사 간 아파트가 참 크고 좋아 보인다"든가 "준서가 서울대학에 입학해서 다행"이라든가 "왜 차를 더 큰 차로 바꾸지 않느냐"라든가 등등 지금의 내게, 그리고 동생에게 중요한 것들에 대해 얘기할 것이다. 또는 "이 세상에서 내가 미워하던 사람에게 '그때 분명히 네가 잘못한 것이니' 용서할 수 없다고 전하라"든가, "내 장례식에 오지 않은 아무개가 괘씸하다"고 원한 섞인 말을 할 것이다.

그런데 저세상 사람들은 그런 일에는 전혀 아랑곳하지 않는 듯, 책갈피에 눌러 놓은 꽃잎이라든가, 생일 때 사랑하는 사람에게 줄 장미라든가, 마음에 안 드는 담배라든가, 우리의 기준으로는 별로 의미 없고 대수롭지 않은 일에 더 마음을 쓴다.

자기에게 해를 끼친 사람들에게 전혀 원한을 품지 않고, 무슨 이유건 이곳에서 싸웠던 일에 대해서는 모두 잊어버리고 오히려 걱정하지 말라고 이곳 사람들을 위로한다. 슬프고 힘든 감정은 전혀 알지도 못한다는 듯, 그냥 단순하고 기쁘게, 그리고 자유롭게 생활하는 것 같다.

내 곁을 떠난, 내가 사랑하는 사람들도 지금 저세상에서 그렇게 기쁘고 자유롭게 살고 있을까. 너무 일찍 저세상으로 가 버린 사랑하는 제자들, 친구, 그리고…… 그리고 어느 날 훌쩍 그곳으로 가 버리신 나의 아버지. 아버지를 묻을 때 관 위에 책 두 권—아직도 영문학계에서 기록을 깨지 못한 1,220여 페이지에 달하는《우보 장왕록 교수 환갑 기념 논문집》과 아버지의 수필집《가던 길 멈춰 서서》—을 넣어 드렸는데, 경황 중이라 돋보기안경을 잊고 안 넣어 드렸다고 어머니는 아직도 말씀하신다. 그냥 아버지 보낸 아쉬운 마음이시려니 생각했지만, 존의 말을 듣고 나니 정말 안경이 없어 책을 읽지 못하시면 어쩌나 걱정된다.

그렇지만 워낙 사교성 좋으신 아버지는 아마 남의 안경을 빌려서라도 열심히 책을 읽고 계실 것이고, 모르긴 몰라도 지금쯤은 당신이 번역하시던 수많은 작가들과도 막역한 사이가 되어 환담을 나누고 계실 것이다.

어제는 아버지가 돌아가신 지 6주기가 되는 날이었다. 제사나 차례를 지낼 때 우리들은 항상 유교식과 가톨릭식을 합해 '우리 식'으로 드리는데, 중간에 독축 때는 오빠가 대표로 인사드리고 자식들과 손자들이 각자 쓴 편지를 읽어 드린다.

지난 몇 달 동안 각자 어떻게 지냈는지, 신변에 무슨 일이 있었는지 보고드리는데, 재미있는 것은 어른들이 드리는 편지는 항상 이 세상 사람들에게 중요한 일들, 즉 승진, 합격, 이사, 수상 등에 관한 것들이다.

언제나 어린아이 같은 순진무구함을 잃지 않으셨던 아버지는 그곳에서도 어린이같이 재미있게 사실 텐데, 아마도 자식들이 드리는 편지보다는 생전에 끔찍이 생각하시던 손자 손녀들이 드리는 편지를 더 즐겨 들으시고 기뻐하실 것 같다. 열 명의 손자 손녀 중에 유학 가고 군대 간 손자와 너무 어린 손자들을 빼고 이번에는 네 명의 손자 손녀들이 다음과 같은 편지들을 읽어 드렸다.

　＊ 할아버지, 안녕하세요? 저 준서입니다. 올해는 반을 아주 잘 만나서 아주 기분 좋은 해가 되고 있어요. 지난주에는 학교에서 가훈을 써 오라고 했는데 우리 집에는 가훈이 없어서 걱정했어요. 엄마가 할아버지 서재에 있는 말 '선내보善內寶'를 적어 가라 했지요. 그런데 그게 1등 가훈상을 탔어요! 할아버지가 저희 곁을 떠나신 지 6년이 되었다는 것이 믿어지지 않지만, 할아버지가 아직도 우리 곁에 사시는 것처럼 저희에게 많은 영향을 주시는 것 같아요. 할아버지, 감사합니다.

　＊ 할아버지, 저 범서예요. 지난 한식 때 인사드리고 지금 편지 드리니까 석 달쯤 됐네요. 그동안 잘 지내셨어요? 저는 잘 지냈어요. 할아버지께 베드민턴(할아버지, 배드민턴이에요, 아니면 베드민턴이에요?)을 배울 때가 자꾸 생각나요. 제 소원은 나중에 할아버지 같은 사람이 되는 겁니다. 오늘 밤 꼭 제 꿈에 나오세요.

＊ 할아버지 저 소람이에요. 5학년이 되어 수학 경시반에 들었어요. 어제 방학하고 오늘 서울에 올라왔어요. 범서 오빠하고 수영 갔다 오는데 하늘에 놀이 너무 예뻤어요. 그래서 내가 우리 할아버지 계셔서 하늘이 참 예쁘다고 했더니, 내 말이면 무슨 말이든 반대하는 오빠가 "맞아" 그랬어요. 내 귀를 의심했어요. 할아버지도 안 믿겨지시죠?

＊ 할아버지, 안녕하세요? 저 아름이에요. 할아버지를 못 뵌 지 6년이나 지났어요. 저는 봉사 활동을 하려고 이번에 걸스카우트에 들었어요. 하늘에서도 건강하시죠? 그곳에서는 돌아가시지 마세요. 글씨가 더러워서 죄송해요. 보고 싶어요, 할아버지. 항상 사진으로만 뵈니 서운해요. 빨리 우리 곁으로 돌아오세요. 많이 예뻐해 주셔서 감사합니다.

6년이면 꽤 긴 세월이고, 이제는 산소에 가서도 눈물 흘리지 않을 수 있을 만큼 아픈 기억이 무디어질 만큼도 되었지만, 아직도 아버지는 어린 손자 손녀의 가슴에까지 생생하게 살아 계시다.

지난주에는 아버지가 전공하시던 미국 작가 헨리 제임스의

《귀부인의 초상》을 영화로 보았다. 부잣집 아들이지만 병약하고 못생긴 랠프 터쳇이 사촌인 여주인공 이사벨을 짝사랑하다가 결국 모든 재산을 그녀에게 물려주고 죽으면서 하는 말이 인상 깊었다. "고통은 사라지지만 사랑은 남는 것이다Pain disappears, but love remains." 원전에는 없는 말인데, 영화의 주제가도 〈그러나 사랑은 남는 것But Love Remains〉이라는 제목의 연주곡이었다.

어쩌면 영매 존이 말하는 저세상 사람들이 갖고 있다는 '기氣'는 아마도 사랑의 기억을 말하는 건지도 모른다. 이 세상에서의 고통, 고뇌, 역경이 아무리 클지라도 모두 죽음과 함께 사라지지만, 사랑은 사라지지 않고 이 세상 사람들과 저세상 사람들의 기억에 남는다.

그래서 결국 이 세상과 저세상은 사랑이라는 커다란 고리로 연결되어 있나 보다.

킹콩의 눈

나는 영화에 문외한이고 또 영화를 볼 기회도 별로 없지만, 누군가 내게 이제껏 본 영화 중 가장 인상 깊은 영화를 꼽으라면 아마 주저 없이 〈킹콩〉이라고 말할 것이다. 사실 줄거리조차 잘 기억이 나지 않으므로 '인상 깊다'는 말은 적절하지 않을지 모른다.

그러나 〈킹콩〉은 내가 일부러 극장까지 찾아가서 본 몇 안 되는 영화 중 하나이고, 그 영화를 본 날짜와 장소까지 정확히 기억한다. 1978년 1월 12일, 나는 내 인생에서 잊지 못할 경험을 하고 난 후, 명보극장에서 그 영화를 보았다.

그날은 Y대학에서 박사 과정 시험을 친 날이었다. 석사 졸업 반이었던 나는 딱히 직업을 얻을 수 있는 처지가 못 되었고, 당시 나의 모교에는 박사 과정이 개설되기 전이라 내가 유일하게 선택할 수 있는 길은 그것밖에 없었다.

응시자들은 오전에 필답 고사를 보고 오후에 면접을 하게 되어 있었다. 떨리는 마음으로 면접실에 들어서니 네 명의 교수들이 반원으로 앉아 동시에 나와 내 목발을 아래위로 훑어보았다. 그러더니 내가 엉거주춤 자리에 앉기도 전에 그중 한 사람이 퉁명스럽게 말했다.

"우리는 학부 학생도 장애인은 받지 않아요. 박사 과정은 더 말할 것도 없지요."

한 사람의 운명을 그렇게 단도직입적이고 명료하게 선언하는 그 교수 앞에서 나는 차라리 완벽한 좌절, 완벽한 거절은 슬프지 않다는 것을 알게 되었다. 오히려 마음이 하얗게 정화되는 느낌이었고, 미소까지 띠며 차분하게 "그런 규정을 몰랐습니다. 죄송합니다"라는 인사까지 하고 면접실을 나올 수 있었다.

그날 집에서 기다리시는 부모님께 낙방 소식을 전하는 것을 조금이라도 지연하기 위해 동생과 함께 본 영화가 〈킹콩〉이다.

그 영화에서 내가 기억하는 것은 단지 단편적 이미지의 연속

뿐이다. 거대한 고릴라가 사냥꾼들에게 잡혀 뉴욕으로 옮겨지는 도중에 우리를 탈출하고, 도시 전체가 공포에 휩싸인다. 엠파이어 스테이트 빌딩 옆에 앉아 있는 킹콩은 건물만큼이나 크고 거대하다.

어떤 이유인지는 기억나지 않지만 킹콩은 한 여자를 손에 쥐고 있고, 그녀는 온몸을 떨고 있다. 하지만 그녀는 전혀 두려워할 필요가 없었다. 킹콩은 그녀를 좋아했다. 아니, 사랑했다. 그러나 킹콩은 자신의 운명을 잘 알고 있었다. 마침내 포획되기 전, 킹콩은 그녀를 자신의 눈높이로 들고 자세히 쳐다본다.

그 눈, 그 슬픈 눈을 나는 잊지 못한다. 그에게는 그녀를 사랑하는 것이 허락되지 않았다. 그가 인간이 아닌 커다랗고 흉측한 고릴라였기 때문에…….

그때 나는 전율처럼 깨달았다. 이 사회에서는 내가 바로 그 킹콩이라는 걸. 사람들은 단지 내가 그들과 다르게 생겼다는 이유만으로 나를 미워하고 짓밟고 죽이려고 한다. 기괴하고 흉측한 킹콩이 어떻게 박사 과정에 들어갈 수 있겠는가? 나 역시 내 운명을 잘 알고 있었다. 사회로부터 추방당하여 아무런 할 일 없이 남은 생을 보내야 하는 삶, 그것은 사형 선고와 다름없었다.

킹콩이 고통스럽게 마지막 숨을 몰아쉴 때쯤 나는 결정을 내렸다. 나는 살고 싶었다. 그래서 편견과 차별에 의해 죽어야 하는 괴물이 아닌 인간으로 존재할 수 있는 곳으로 가기로 결심했다.

영화관을 나와 집으로 오는 길에 나는 토플 책을 샀고, 다음 해 8월 내게 전액 장학금을 준 뉴욕 주립 대학으로 가는 비행기에 타고 있었다.

이제 나는 돌아왔고, 나를 면접하기조차 거부하고 '운명적'인 선언으로 내 삶의 방향을 재조정할 수 있도록 용기를 준 그 위원회에 진정으로 감사하고 있다. 그러나 역사는 돌고 돈다고 했던가.

오늘 오후 장미꽃 다발을 들고 찾아온 인수는 다시 나의 아픈 기억을 되살려 놓았다. 몇 년 전 내가 서강대 부설 야학 '성이냐시오 학교'에서 영어를 가르쳤던 인수는 청각 장애를 가졌지만, 보청기를 낀 데다가 말하는 이의 입술을 읽기 때문에 통화에는 전혀 지장이 없다.

하루 종일 식당에서 일하고 저녁때면 손목에 파스를 붙인 채 학교에 오곤 하던 인수는 전문대 요리과에 가서 일급 호텔 요리사가 되겠다는 꿈을 가지고 있었다.

"10년만 기다려요, 선생님. 제가 세계에서 제일 유명한 요리사가 되어 기막힌 요리 만들어 드릴게요."

기회 있을 때마다 어눌하게나마 또박또박 말하던 인수는 검정고시에 합격하고 지난 1월 K호텔경영전문대학 조리과에 원서를 넣었지만, 학교 측에서는 인수의 청각 장애가 소위 '일급 장애'라고 하여 지원조차 허용하지 않았다.

꽃다발을 내밀며 인수는 "선생님, 오랜만이에요" 하고 큰 소리로 말하면서 밝게 웃었다. 하지만 그 눈, 그 눈은 오래전 내가 본 킹콩의 눈, 바로 그 슬픈 눈이었다. 귀에 보청기를 끼었기 때문에, 말하는 목소리가 다른 사람들과 다르기 때문에 이 사회에서 킹콩이 되어야 하는 인수. 젊음의 용기로, 불굴의 의지로 삶을 한껏 껴안고 사랑하고 싶어도 사랑할 수 없는 인수 앞에서 나는 스승으로서 철저한 무력감을 느꼈다. 인수는 내년에 치공학과를 지망하겠다고 했다.

"선생님, 선생님 나이 드시면 이 세상에서 제일 멋진 틀니 만들어 드릴 거예요."

"그래 얘, 나 벌써부터 이가 안 좋은데 이제 걱정 없게 됐다."

괜한 흰소리를 하며 닮은꼴 스승과 제자는 서로 마주 보고 웃었다.

내 생애 단 한 번

때론 아프게, 때론 불꽃같이

1판 1쇄 발행 2000년 9월 25일
2판 1쇄 발행 2010년 1월 1일
3판 4쇄 발행 2023년 12월 26일

지은이 장영희
펴낸이 김성구

콘텐츠본부 고혁 조은아 김초록 이은주 김지용
디자인 이영민
마케팅부 송영우 어찬 김지희 김하은
관리 김지원 안웅기

펴낸곳 (주)샘터사
등록 2001년 10월 15일 제1-2923호
주소 서울시 종로구 창경궁로35길 26 2층 (03076)
전화 1877-8941 | 팩스 02-3672-1873
이메일 book@isamtoh.com | 홈페이지 www.isamtoh.com

ISBN 978-89-464-2185-1 03810

- 값은 뒤표지에 있습니다.
- 잘못 만들어진 책은 구입처에서 교환해 드립니다.

샘터 1% 나눔실천

샘터는 모든 책 인세의 1%를 '샘물통장' 기금으로 조성하여 매년 소외된 이웃에게 기부하고 있습니다.
2022년까지 약 1억 원을 기부하였으며, 앞으로도 샘터의 책을 통해 1% 나눔실천을 계속할 것입니다.